俺はそのまま、彼女に口づけた。
背後からみんなが驚いているのが気配で伝わってきたが、ス
俺はイシュタルに口づけて、白い固まりを彼女が飲み下せ
白い固まり――薬をゆっくり喉の奥に送り込んでやって、
そして、しばらくの間、彼女をじっと見つめる。
「……ま……て……お？」

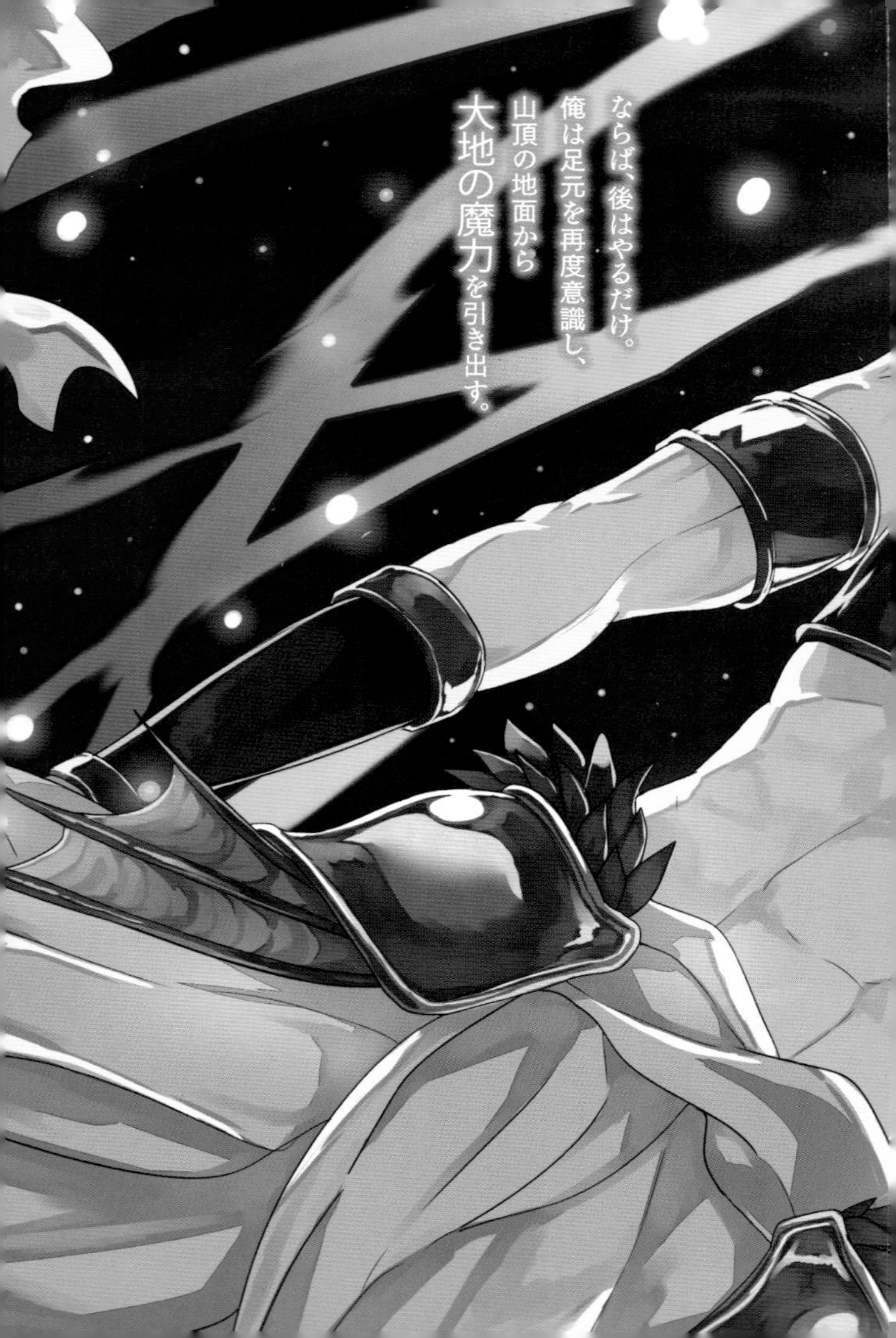
ならば、後はやるだけ。
俺は足元を再度意識し、
山頂の地面から
大地の魔力を引き出す。

Author
三木 なずな
Illustrator
柴乃 櫂人
4
報われなかった村人A、
貴族に拾われて溺愛される上に、
実は持っていた伝説級の
神スキルも覚醒した

CONTENTS

第五章　皇帝と名医

73　先生の特技　010
74　それぞれの関係性　018
75　殉教者の目　028
76　俺のために　037
77　俺はちょこちょこ死んでいる　047
78　ちょっとだけ死んでみた　056
79　ここで止める　067
80　無礼は許さない　074
81　目覚めのキス　084
82　君の名を　097

第六章　夜王

83　入り口　107
84　使徒の急報　118
85　理屈じゃない安心感　127
86　白夜　139
87　百人の話を聞き分ける耳　149
88　反転　162
89　神と村人のはざま　172
90　落ちない理由　180
91　魔力＋魔力　189
92　精霊の失敗　196
93　日没　205
94　神のリニューアル　212
95　皇帝の照れ隠し　221
96　太陽の恩返し　233

書籍版書き下ろし

人魚の溺愛　247

「――――――ッッ」

言ってから、ある意味失敗だったのかも知れないと気づいてしまった。

ヘカテーは俺のことを神だと思っている。

彼女の「神」は他のどの人間よりも重みがある。

何しろ宗教のトップ、大聖女という立場を三百年間もやってきた人間なのだ。

そんな人がいう「神」の重さは別格なのだろう。

そんな神に対する無礼をダガーはしている。

これはよく聞く話だが、人は自分に対する無礼はどんなことがあっても許せるが、自分が憧れる・尊敬する人間に対する無礼だけは決して許さない、と。

そしてその場合、怒りの度合いはさらに深くなってしまう。

ヘカテーの場合、それに加えて「宗教」で「神」というブーストがかかってしまう。

確かに俺の一言でこの場は収まったが、しかしそれは逆に怒りの度合いを深くさせてしまったんじゃないか、って思った。

ヘカテーの様子を見ていると、そう思えてくる。

これは後でしっかりフォローしなければな、と思った。

一方で、少なくとも俺がいるこの場では、爆発はしないだろうという妙な安心感もあるため、ヘカテーには悪いが彼女のことは後回しにさせてもらうことにした。

　俺は改めてダガーのほうを向く。

　ダガーは相変わらずオノドリムを見つめていた。

　あまりにもじろじろと「見ているだけ」なものだから、今度はオノドリムが居心地の悪そうな、救いを求めてくるような顔を俺に向けてきた。

　さすがにそろそろ――と思っていると。

「お前は何でそれができる」

　ダガーはいきなり口を開いて、オノドリムに聞いた。

「え？」

「今その少年が『だよね、オノドリム』とお前に確認した。つまりそれが可能なのはお前の知識、所有物、力、そのどれかということだ」

「う、うん。そりゃまあそうなんだけどね」

「それがなんなのだ？」

「えー……、それって――」

「彼女は大地の精霊オノドリム。名前は聞いたことはない？」

　オノドリムが嫌そうな顔で返事しようとしたのを遮《さえぎ》って、俺が代わりに理由を説明した。

「大地の精霊、オノドリム」

　ダガーは言葉をかみしめるように、ゆっくりと俺の言った言葉をくり返しながら、オノドリムを見つめる。

「精霊というのは人間の姿になれるのか？」

「あたしは元からこういう姿なの」

「ふむ、人外はそもそも姿が違う、というのも逆に偏見というわけか」

「えっと、先生？」

「まだ答えてもらっていないぞ。目の前のこれは大地の精霊。つまりは大地の精霊の力で可能になる、と考えていいのか？」

直接答えたのが俺だったからか、ダガーは俺に向かって聞いてきた。

へカテーとオノドリムの反応から、このままやり取りは俺が完全に引き受けちゃった方がいいなと思った。

「うん、そういうこと。ぼくも彼女の力を借りてそれができるようになってるんだ」

「それを証明してくれ」

「証明か……それはそうだよね。ねえオノドリム、ちょっといいかな」

「別にいいけどね」

「ごめんね、ありがとう」

俺が手刀を立てて、オノドリムにお詫《わ》びとお礼を同時にしていると、ダガーは部屋の中を見回して、それから何かを見つけたかのように、部屋の奥に向かっていった。

そこでごそごそして、箱のようなものを持ってきた。

俺たちの前で、その箱を開ける。

箱の中には白い粉が入っていた。

「これは?」

「ただの小麦粉、食料だ」

「これをどうするの?」

「本当は砂のほうが見やすいのだが……こういうことはできるか?」

ダガーはそう言って、箱に入った小麦粉を指でなぞって、まずは「1」という数字を書いた。

すぐさまそれを消して、「2」と書いた。

そしてまた消して「3」――と、消しては数字を書き直す、を繰り返した。

それを見た俺はハッとして。

「これで心拍数をやれってこと?」

「そういうことだ」

「どうかなオノドリム」

俺はオノドリムに聞いた。

「それでもできるけど、砂のほうが見やすいのなら砂でやるよ。あたしも砂のほうがやりやすいし」

「大地の精霊だもんね」

「これも大地の恵みっていわれるようなものだけど、やっぱちょっとね」

オノドリムはそう言いながら、手をかざして「はっ！」と可愛《かわい》らしいかけ声をだした。

すると、どこからともなく砂が現れて、彼女の手の平に吸い寄せられてきた。

分量にすると大皿一杯分。

相当な量だった。

「すごいね、それってどこから？」

「ふふん、土とか砂とかあっちこっちにあるからだもん。空気中にだってあるよ、それを集めるくらい楽勝だもん」

俺が感心しているのを見て、オノドリムは自慢げな口調で説明してくれた。

なるほど。たしかに部屋をしばらく使ってないと色々なものが溜まってくるから、普段は見えないけど、空気中に色々なものがあるのは、言われてみればその通りだなと納得した。

俺が納得していると、オノドリムはダガーのほうを向いて。

「なんだっけ、心拍数でいいんだっけ」

「うむ」

「じゃあ手を出して」

「これでいいか？」

尊大な態度を崩さないまま、ダガーは手の平を上向きにして、オノドリムに向かって突き出した。

オノドリムももう慣れてしまったのか、もはや問題視することもなく、砂を操作してダガーの手を包みこんだ。

包み込んで、しばらく砂が「もにゅもにゅ」した。

まるで命や意思をもつスライムかのように、オノドリムが操作する砂はうにょうにょもにゅもにゅしていた。

不快感はないからか、ダガーは眉《まゆ》一つ動かさず、自分の手をもにゅもにゅする砂を見つめた。

しばらくして、そのもにゅもにゅがかたちを変える。

ダガーの手のひらの上で立体的な数字になった。

最初に出てきた数字は62、そこを中心に小刻みに変化した。

「これでいい?」

「待ってくれ、今自分で測ってみる」

ダガーはそう言い、目を閉じた。

そしてしばらくして、ぶつぶつと何かをつぶやいた。

「65……64……69……70……65……」

彼女がつぶやいたのは自分の心拍数だった。

なぜなら、目を閉じてダガーがつぶやく数字と、彼女の手でもにゅっている数字が完全に一致したからだ。

「すごいね、完全に一致してる」

「ほう？」

ダガーは目を開けた。

「どうやら本当のようだな、大地の精霊の力……なるほどこれなら〝さすが〟の一言だ」

「ううん、そうじゃないよ。すごいのは先生のほうだよ」

「私が？」

ダガーは眉をひそめ、「どういうことだ？」と言わんばかりの顔で首をかしげてきた。

「だって、その数字は平均の心拍数なんでしょ？　どっどっどっどっ――っていうリズムじゃなくて、平均の心拍数を自分で測って計算してちゃんと出せるなんてすごいことだよ。よっぽどその研究に明るくないとそうはならないと思う」

「……っ」

虚を衝かれたのか、ダガーは驚きつつも、褒《ほ》められてまんざらでもなさそうな顔をしていた。

74 それぞれの関係性

「……そんなことを言われたのは初めてだ」

「そうなの？」

「私はどうやら価値観が他の人と違うようだからな、はみ出し者がはじき出されるのは世の常だ」

「でもそれって研究のためなんだよね。その価値観を突き詰めていったらあんなすごいテクニックが身についたんだから、やっぱりすごいことだよ」

「……」

俺は本気でそう思っていた。だからダガーの目をまっすぐ見つめ、それを伝えた。

ダガーの振る舞いをヘカテーが怒っているけど、一つのことにとことんのめり込めて、その上技術を身につけ、成果を出してしまう。

そういう人は純粋に尊敬に値する。

俺の気持ちに少し変化があった。

もちろん皇帝イシュタルのことを助けるという目的は忘れていないけど、今は本気でダガーの研究の手助けになりたいなと思った。

「ねえ、それってどういう形になればいいの？」

「うむ？　どういう形とは？」

「お医者さんだから、最終的には患者さんに使えるようにしなきゃいけないよね。でも健康法みたいなものだから、患者じゃない人にも使うのか」

「うむ、少年の言うとおりだ。最終的には私の手から離れて、独立した形で使えるようにしなきゃ話にならん。各々《おのおの》が心拍数を測って、医者がその数値だけを知ればいい、というのが理想の形だな」

「だよね……ねえ、オノドリム」

俺は少し考えて、今度はオノドリムのほうを向いた。

「また、契約していいかな」

「契約？」

「うん。ほら、オノドリムが帝国と、昔の皇帝と結んだ契約みたいに。今度はちゃんと、祈りじゃなくて魔力との引き換えにこの心拍数を出すことができるようにする契約」

「いいけど、なんでわざわざ契約？」

「だってオノドリムは魔力を取らないと死んじゃうんでしょ？　だったら、ちゃんと魔力をもらえるような形にしようよ。ただ働きはダメだよ」

「……」

俺が言うと、オノドリムはまず驚き、それから目がうるうるとしだした。

その潤んだ目で「んんんんん――」って感じで握り拳を作って溜めて、それから俺に飛びつき、抱きついてきた。

「そのことを覚えててくれたんだね」

「わっ！　も、もちろん。忘れるわけがないよ」

「ありがとう、ありがとうね。んーっ！　大好き！」

オノドリムは俺の首にしがみつくように抱きついた。ものすごい勢いでの喜び方をしつつ、ほっぺに何度も何度もキスをしてきた。

彼女らしい、ストレートで、ちょっとくすぐったいけどこっちまで嬉しくなるような愛情表現だ。

悪い気はもちろんしないので、オノドリムの好きにさせてやった。

「……オノドリムといったか」

「へ？　何？」

名前を呼ばれたオノドリム、俺の首にしがみついたままダガーのほうをむいた。

ダガーがなぜか真顔――いや、ちょっと不機嫌な顔でオノドリムを睨《にら》みつけていた。

「お前は大地の精霊と言ったが、少年と契《ちぎ》るつもりでいるのか？」

「へ？　何、ちぎるって」

「ん？　言葉を間違えたか？　人外の存在が人間と交尾する時は契約などをもちかけて文字通りに契るとほとんどの文献に書いてあるのだが」

「えええええ⁉　何いってるのよあんた！」

雲行きが一気に怪しくなってきた。

ダガーの言葉に反応したオノドリムはめいっぱいのけぞって、めちゃくちゃ驚いた顔をした。

その信じられないものを見てしまったような顔でダガーを見つめるが、ダガーはちょっとだけ不機嫌な表情をくずさないままオノドリムを見つめ返したままだ。

「なんだ、大地の精霊は頭がゆるいのか？　少年と契るつもりなのかと聞いて――」

「そういうことじゃなーい！」

パシーン！　という、実際には叩いていないが叩くジェスチャーをするオノドリム。

このあたりの大げさだけど、愛嬌《あいきょう》のある仕草も彼女らしいな、とちょっとだけ思ってしまった。

「じゃあなんだ」

「そういうことはあけすけにきくもんじゃないの！　デリカシーを持ちなさいってこと」

「なんだ、そのことか」

ダガーはフッと、シニカルな感じで微笑《ほほえ》んだ。

「デリカシーはどうやら母の腹の中に置いてきたようでな。生まれてこの方、そう言われなかった日はなかったくらいだ」

「分かるよ！　それすっごく分かるよ！　デリカシーがないってことは！」

目一杯の大声で突っ込むオノドリム。

なんだろう……うん。

ダガーにデリカシーが欠けているのは同感だ。

もっとも、彼女の研究に対するスタンスとか、それで出した成果とか、身についた技術とかを見た後だと、ダガーはそれでいいのかもしれない、と思った。

「で、実際どうなのだ」

「そんなこと答える義務はありません！」

「義務はない？　ふむ……ならば報酬《ほうしゅう》を払えば話してくれるのか？　いくらだ」

「そういう意味でもなーい！」

二人のやり取りはさらに続き、次第にコントじみてきた。

このままやらせておいて、それを見てるのも楽しいと思ったが、イシュタルのこともあるし、ここは話を先に進めようと思った。

「二人ともそこまで。話を元に戻させてもらってもいい？」

「うむ？　まあ、いいだろう。どのみち生産性のない話だ」

「そう思うなら最初からしないの！」

「オノドリムどーどー」

　俺はオノドリムを止めつつ、形式的な咳払《せきばら》いをして、話を元に戻した。

「じゃあ、オノドリムに検査する人が魔力を払って、オノドリムがそれに加護を与えて、っていう形でいいのよね」

「うむ」

「うん、全然オッケー」

「問題は技術面のことなんだけど……オノドリム、どういう風にすればいいのか分かる？」

「契約のこと？　うーん、どうだったかな、前のとちょっと形違うし、まるっきり同じってわけにもいかないよね」

「うん」

　俺は小さく頷《うなず》いた。

　オノドリムは時の皇帝と契約して、魔力をもらう代わりに国を守るという契約を結んだ。

　その契約のやり方を流用できればいいんだけど、そう上手《うま》い話はないってことみたいだ。

「神よ」

「うん？」

背後から声がした。

振り向くと、ここまで静かにしていたヘカテーが小さく手をあげる形で、俺を見つめていた。

「どうしたの、ヘカテー」

「話をずっと聞いていました。ダガーよ」

ヘカテーは硬い表情のまま、ダガーのほうにむかって問いかけた。

「人間が使う道具と、精霊との間の力の受け渡しをする、ということでいいのですね」

「うむ、そういうことだ」

「でしたら教会がそういう技術を保有しております」

「本当に⁉」

俺はちょっと驚き、ヘカテーに体ごと振り向いて、ちょっと詰め寄った。

ヘカテーは驚き、体をのけぞって顔を逸《そ》らし、なぜか横顔がちょっとだけ赤くなっていた。

「ち、近いです、神よ」

「あっ、ごめんなさい」

「……ごほん。はい、技術はあります」

「ふむ……お前はルイザン教の神職者なのか？」

「ええ、大聖女の位を拝してます」

「へえ、代替わりしたのか」

ダガーはじいさんと同じような反応をした。

それが当たり前の反応なんだろうな。

「いいえ、神の奇跡で若返りました」

「へえ……ちっ」

「なぜ舌打ちをするのです」

「若返りは不老長寿《ふろうちょうじゅ》の究極の形、研究材料にしたいが大聖女相手では到底不可能だろう。その舌打ちだよ」

なるほど、って思った。

ダガーはとことんブレないな、とも思った。

「まあいい、それよりも本当にいいのか。私が知る限り、お前が言っているそれは第二種指定の禁呪《きんじゅ》に指定されているもののはずだが?」

「よく知っていますね、その通りです。でも、なんら問題はありません」

「ほう?」

「私は大聖女、そしてそれを使うのは神。つまり私は神のお告げをきいて、それを代行する。正当性しかありませんのでなんら問題はありません」

堂々と言い切ったヘカテー。

そういう言い方をすると、なんだかすごいって思った。

俺のお願いを聞いてもらうのが、「神の意志を代行する」という言い方をされるとものすごい大事なことのように聞こえてしまう。

ヘカテーが本気でそう思ってて、彼女の立場からしてそれが事実なのも、すごさに拍車がかかってる。

俺は心の底から「すげえ……」って思ってしまった。

「なるほど。では技術面の問題は解決されたも同然か。もうひとつ聞かせてもらおう」

「なんでしょうか」

「少年のことを神と呼んでいるのはどういう理由だ？」

「今さら⁉」

横からオノドリムが大声で突っ込み、ヘカテーは呆《あき》れたような顔をしてしまうのだった。

75 殉教者の目

俺が神なのはなぜか、という話はさておき、ヘカテーに聞いた。

「その禁呪はどこに行けばいいんだ」

まっすぐ見つめながら聞くと、ヘカテーは答える前にまず小さく頷いてくれた。

言外に、俺が「早く行動したい」と匂《にお》わせているのを正しくくみ取ってくれたようだ。

「最寄りは私の屋敷がよろしいかと」

「分かった」

俺は頷き、ぐるりと部屋の中を見回した。

すると、隅っこに水がめがあるのを見つける。

それに向かっていき、木製の蓋《ふた》を手に取って開けてみる。

中は普通の水が入っている。

おそらくはダガーが貯蔵している生活用水だろう。

「これを使わせてもらうよ」

「使う?」

ダガーが側にやってきて、俺の後ろから水がめの中をのぞき込む。

水自体には何もしていないただの水のままだから、ダガーは不思議そうに首をかしげていた。

「説明はあと。ヘカテー、オノドリム」

「はい」

「分かった」

応じる二人、同じように側にやってきた。

ヘカテーがオノドリムに触れ、俺はヘカテーとダガーに触れた。

四人「繋がった」状態で、俺は水の中に飛び込んだ。

海の女王から譲《ゆず》り受けた、水間ワープの能力。

それを使って、ヘカテーの屋敷にワープした。

やってきたのは余計な調度品《ちょうどひん》が一切ない、だだっぴろい部屋だった。

部屋の中央に大理石製のオブジェがある。

獅子とも似つかない大理石の像、その口から水が流れ出ている。

室内にある、小さな噴水のようなものだ。

大理石を使っていることもあって、わざわざ「そう」作らせているせいもあってか。

ヘカテーの屋敷といういわば民家の中なのにもかかわらず、この部屋だけ神殿的な雰囲気《ふんいき》が漂っている。

「この部屋、改装したんだ？」

俺はヘカテーに聞いた。

「はい、神が立ち寄る聖なる場所ですので、あるべき姿に造り替えました」

「なるほど」

「本当は神をかたどった姿にしたかったのですが、今はそれを望まれないと思い、ありふれた動物の形としました」

「あはは……それは本当にありがとう」

俺は微苦笑しつつ、ヘカテーらしいなと思った。

大聖女として三百年間ルイザン教に身を置いた人物なんだから、色々と形にこだわるものなんだろう。

そしてさっきからダガーに怒り心頭に発するのを我慢できてるのも、この石像の形を思いとどまれるのも彼女らしいと思った。

この部屋は俺が移動する時に使う、ってことで空《あ》けておいてもらってた場所だ。

水間ワープ制限が二つある、一つは行ったことのある場所しか行けないのと、もう一つはその場所に水がなければいけない。

だからいつでもここに来られるように、水をおいてもらうようにしていた。

「ここはどこだ？」

　一緒に連れてきたダガーは険しい顔をしていた。

　水間ワープでいきなり違う場所に連れてこられて、困惑しきっているようだ。

「都にある、私の屋敷です」

「都？　なんの冗談だ？」

「冗談かどうかは外に出れば分かること。それよりも神よ」

　ダガーがすぐに受け入れられないことは織り込み済みなのか、それともダガーへの怒りがまだ続いているのか、ヘカテーは素っ気なく会話を打ち切って、俺に話しかけてきた。

「すぐに用意致しますので、その間ご随意《ずいい》にくつろいでいていただければ」

「うん、お願い」

　ヘカテーは静々と一礼して、部屋から出ていった。

「少年……お前は一体……」

　ヘカテーがいなくなったことで、ダガーへの疑問が俺に向けられた。

　もともと俺が水間ワープで連れてきたんだから、俺が答えるべきなんだろうな。

「マテオ・ローレンス・ロックウェル。貴族の子供だよ」

「それは知っている……ん、いや初耳か？」

　ダガーがそう言って、首をかしげた。

これまで彼女があまりにも普通に「少年」呼ばわりしてくるから、俺自身そういえば名乗っていたかどうか確信が持てなかった。

それはいいけど……名乗ったのはいいけど。

ダガーが今不思議がっている俺こと「何者」をどこからどこまで説明していいものか、迷って分からなくなってしまうのだった。

☆

「こちらでございます」

ヘカテーの寝室。

彼女はベッド横にある花瓶《かびん》に「とんとんとん、とんとんとんとんとん」と不規則に聞こえるリズムで叩くと、数秒遅れてベッドが上にせり上がった。

せり上がったベッドの下からは階段が現れた。

地下室に続く、秘密の階段。

「先導致します、どうぞ」

ヘカテー、オノドリム、ダガー、そして俺。

四人は一列に並んで、石造りの階段を降りていった。

明かりが一切なくて、密閉した空間にある階段。

地下へ潜っていく螺旋《らせん》階段のようだ。

明かりは先頭にいるヘカテーと、最後尾の俺が持っている。

「まさか、ヘカテーの屋敷の地下だとは思わなかった」

「うん、あたしも。もっとこう、教会の総本山とか、どっかにある神殿とか、そういうところに行くんだって思ってた」

オノドリムがそう言い、俺も頷《うなず》いた。

彼女とまったく同意見だった。

ヘカテーから「禁呪《きんじゅ》」という言葉を聞いていたから、そういうのを想像していた。

それがまさかヘカテーの屋敷、しょっちゅう来ているこの屋敷の地下だというのは完全に予想外だった。

「なんでここにあるの？」

「二百五十年前に私が封印したからです」

「……そっか、長い間大聖女だったからなんだ」

「はい」

ヘカテーは顔だけ振り向き、肩越しに俺に向かって微笑《ほほえ》んだ。

「ねえねえ、どういうことなの？」

「たぶんなんだけどね……ヘカテーくらいの高い地位にいると色々秘密ができるんだ。それもものすごい重要な秘密」

「そういうものなんだ」

「そういうものだと思うんだ」

精霊のオノドリムには分からない感覚だろうけど、マテオになる前は、ただの村人で普通の大人だった俺にはよく分かる。

人間は生きていくだけで秘密をかかえる。普通に仕事をしてるだけでも、長くやっていれば墓場まで持っていくような秘密の一つや二つはできてしまうもんだ。

「秘密にしたいこと、それもものすごく大事なこと。それをどうしたらいいのかって考えると、自分の目が届く範囲においた方が一番だと思うんだ」

「そっか、だから自分のベッドの下」

「そ、何かがあってもすぐに分かるからね」

階段を降りながら、やっぱりすごいな、って思った。

「ねえヘカテー」

「はい、なんでございましょう」

「こんなに大事なもの、いいの？」

「神がお望みでしたら是非もございません」

「ううん、そうじゃなくて。もちろんそう言ってくれるのはすごく嬉しいことなんだけど」

「では？」

「ヘカテーが自分のベッドの下の地下室に隠して、封印するようなものだよね。そんな封印を解いちゃって大丈夫なの？」

「神がお望みでしたら」

ヘカテーは同じ言葉を繰り返した。

たとえ危険があっても、それを俺が望むのなら——と、考えはまったく変わらないようだ。

「危険はあるの？　正直に答えて」

俺は真顔になって、真剣なトーンで言った。

ヘカテーはしばし黙った。

一行が石造りの階段を降りていく靴音《くつおと》がやけに響いた。

しばらくして、ヘカテーは重い口を開いた。

「ございます」

「だったら——」

「ですが、問題はございません」

ヘカテーは階段を降りながら、もう一度振り返って、言う。

「神がお望みでしたら」

「むっ……」

決意を感じた。

ヘカテーになんて言い返せばいいのか迷った。

そんな中、ずっと黙っていたダガーも振り向き、驚いた顔で俺を見る。

「少年は……本当に神なのか？」

「え？」

いきなりなんだ？　と別の驚きが俺を襲う。

「医者をやっていると、たくさんの人間を見る」

「う、うん」

「あの女……殉教者《じゅんきょうしゃ》のような目をしている」

「殉教者……あっ」

ハッとして、ヘカテーの方を見た。

ダガーに指摘されたせいか、ヘカテーは微苦笑していた。

殉教者……信仰する宗教のために命をささげられる者。

ヘカテーの目を見て、ダガーはそのことをただの冗談じゃない、とようやく思うようになったみたいだった。

76 俺のために

「それ、本当なの？」

ヘカテーは答えなかった。

俺――神とあがめている相手に問い詰められているからか、ヘカテーは顔を強《こわ》ばらせながらも目をそらせずにいた。

まっすぐと俺を見つめ返してきて、そのまま口をつぐんでいた。

「本当なんだ」

沈黙がどんな言葉よりも雄弁に語っている。

俺はダガーが察したことが真実であることを理解した。

そしてため息をついた。

殉教者――ヘカテーは死ぬつもりでいる。

ダガーの要求を満たすために、最終的に皇帝の命を助けるために、命を懸《か》ける覚悟でいる。

それを知った俺は、ため息しか出なかった。

ため息をついたあと、ヘカテーをまっすぐ見つめる。

「それはダメだよ」

「神のためならばこの身がどうなろうとも」

「ダメだよ」

主張するヘカテーの言葉を遮《さえぎ》った。

真顔で彼女の瞳をまっすぐのぞき込んだ。

「僕のために死ぬなんて、絶対にダメ」

「し、しかし……」

「絶対に、ダメ」

言葉を区切って、強調するように言い放つ。

ここで完全にヘカテーは陥落した。

目が泳ぎ、表情がたじろぐ。

それでもなんとか食い下がろうとしてくる。

「ですが、こうしないと――」

「神が認めないことを君は強行するの？」

「――っ‼」

ヘカテーの顔が青ざめた。

階段の途中でしゃにむに平伏して、額を石の階段に叩きつける。

「そ、そんなことは決してありません！　神の、神のご意志に背くことなど――」

俺はしゃがんで、ヘカテーの手をとって優しく起こしてやった。

謝罪を途中で止められて、土下座《どげざ》もやめさせられたヘカテーは、きょとんとした顔で俺を見上げてくる。

「そこまでするようなことじゃない、ただ、僕のために死のうと思わなければそれでいい」

「……」

「いいね」

「誓って、そのように」

「うん」

ヘカテーがそう言うのなら、もう大丈夫だろう。

殉教者と言われて、俺もちょっと取り乱した。

自分のために死ぬなんて言われて、すんなり受け入れられるはずがない。

そんなの……寝覚めが悪すぎる。

ともかく、これでもう大丈夫だろう。

「行こうか」

「はい」

俺はそう言って階段を降りて、先頭を歩き出した。

その後ろを黙っていたオノドリム、ダガー、そして最後尾にヘカテーの順で続いた。

「……」

しばらく沈黙したまま降り続けたが、ふと何を思ったのか、ダガーがオノドリムを追い抜いて、俺の横に並んできた。

「何？」

「手を」

「え？」

何事かと戸惑っていると、ダガーは有無を言わさず、俺の手を取ってきた。

そしてそのまま、手首に指を当てる。

「どうしたの？」

「……違う」

「何が？」

「脈がない……いや微弱ながらあるのか？　どっちにしても人間の脈ではない」

俺の手首に手を当てて——脈をとりながら、ぶつぶつ言うダガー。

「え？　ああ、そういうことか」

俺は戸惑いつつも状況を理解する。

そりゃそうだ、と思った。

今までそれを意識したことはなかったが、この体は海底にずっといた海神《わたつみ》のボディだ。

人間とは違う、って言われればそうだよね、ってなところだ。

心拍数を研究していたダガーはそのことで判断していた。

「本当に……人間ではないのか」

「えっと……何を？」

「なあ、少年」

「え？」

「お前の体を研究させてくれ」

「研究？」

「そうだ、人間とは違うお前を研究すれば、きっと――」

ダガーがそう言った瞬間、横からものすごい勢いで何かが割り込んできた。

それは俺の手首を摑《つか》んでいるダガーの手を払いのけ、俺たちの間に割り込んできた。

「ヘカテー？」

「無礼な」

「え？」

「神に対するその無礼な振る舞い、万死に値する」

「……っ」

正直、俺は気圧《けお》されていた。

ヘカテーはダガーのほうを向いていて、こっちからは表情は見えないが、この剣幕。

凄《すさ》まじい形相《ぎょうそう》をしているのは想像に難くない。

さっきとは違って、これはどう止めるべきかと悩んだ。

自分のために死ぬ——というのは絶対に許せないから止めやすかった。

それは絶対にダメという、強い感情で止めることができた。

でもこの場合、俺は「気にしない」くらいしか言えない。

実際その程度の感情だからだ。

そしてその程度では、ヘカテーの怒りは決して収まらないだろう。

俺は分かる。

自分に対する無礼よりも、自分が尊敬する人間に対する無礼のほうが、より怒るタイプの人がいるということを。

そしてヘカテーみたいな信心深い人は、その最たるものだ。

「ふむ、憤《いきどお》るのは理解できなくもないが——」

「その口を今すぐ閉じなさい、さもなくば——」

いよいよ一触即発《いっしょくそくはつ》、無理矢理にでも止めなきゃ——と思ったその時。

「きゃっ！」

この輪から外れていたオノドリムが真っ先に悲鳴を上げた。

突然、地面が揺れ出した。

ただの地震のようにではなく、一気に最大レベルで揺れ出した。

「何⁉」

「これは——ひゃっ！」

悲鳴を上げるヘカテー。

直後、階段が崩れた。

足場が急に消えて、全員が一斉に落下する。

「くっ！」

飛びかう悲鳴の中、俺は力を行使する。

三人を力で包み込んで、落下速度をゆるやかにする。

距離にして建物の三階分ほど。

それくらい落下して、地面にたどりついた。

「ふう……みんな大丈夫？」

全員を降ろして、立たせて、安否を尋ねる。

「うむ、大丈夫だ」

「神の手を煩《わずら》わせてしまい、申し訳ありません」

「あたしは別に助けてもらわなくてもよかったのに。地面に落ちただけじゃどうもしないから」

「うん、でもケガがなくてよかった」

「……うん」

オノドリムが微《かす》かに頬《ほお》を染め、笑顔ではにかんだ。

大地の精霊である彼女ならそうなるか、と思った。

とりあえずは全員大丈夫か、それを確認した俺は、改めてヘカテーのほうを向いた。

「ヘカテー、これは？」

「……」

「ヘカテー？」

「いけない……」

重い口ぶりでつぶやくヘカテー。

俺は改めて、まわりの様子を確認する。

落ちたのは、地下室ながらもそれなりに広い空間だった。

じいさんの屋敷、パーティーとかに使われる応接間くらいには広いようだ。

明かりが俺たちの持っているランタンくらいしかなかったから、どこまで続いているのかはっきりとはしなかった。

そんな中、ヘカテーはある一点をじっと見つめていた。

横顔は険しい。

「どうしたのヘカテー？」

「神よ、ここは――はっ！」

俺に言おうとした瞬間、空間の奥、暗闇の向こうから何かが飛びだしてきた。

「危ない！」

四人のなかで、その何かを知っているのか、ヘカテーが真っ先に動いた。

彼女はぽかーんとしているダガーに飛びかかって、飛んできた何かから身を挺《てい》して守ろうとした。

ここで、俺にも現れた何かが分かった。

それは太い縄のような、半透明で先端が鋭い触手のようなものだった。

それは一直線にダガーをかばうヘカテーに向かう。

その勢いだと体ごと貫かれる――が。

「ふっ」

俺は踏み込んで、手に水を纏《まと》い、下から斜め上に振り抜いた。

手刀の先に纏った水の刃が触手を斬り捨てた。

「ありがとう、ヘカテー」

「……はい」

ヘカテーは恥ずかしそうに顔をふせた。

ダガーと反目していたが、それでも生命の危機に陥《おちい》ったダガーを助けた。

それは、皇帝を助けたい俺のために、ダガーは守らなきゃいけない、という意識が働いたからなんだろう。

それは分かる。分かる、が。

「でもね、ヘカテー」

「はい？」

「僕のために死ぬことはないんだからね」

「――っ！」

ヘカテーは驚いた後、嬉しさ半分申し訳なさ半分。

そんな顔をしたのだった。

77 俺はちょこちょこ死んでいる

「――っ‼」

触手が飛んできた方角からもぞもぞと物音がした。

オノドリムが反応して前に出ようとしたが、それを引き留めた。

「一旦下がろう」

「あ、うん」

一度はきりっ、と引き結んだ唇が開き、小さく頷《うなず》いた。

そんなオノドリム、そしてまだ複雑そうな表情をしているヘカテー、さらにはこんな時でも平然としているダガー。

彼女たちを背中にかばうようにしながら後ずさって、階段の方に戻っていった。

もぞもぞとした物音はしばらく続いたが、距離をとるのにつれてそれが収まっていった。

「念の為に――」

俺は手をかざして、指先で空気中にある水気を感じながら、それに力を込めた。

「何をしたの？」

オノドリムが後ろから、のぞきこみながら聞いてきた。

肩越しにちらっと見ると、彼女が目を細めているのが見えた。

これなら成功かもしれない。

「蜃気楼《しんきろう》のまねごと。追ってくる様子はないみたいだけど、見た目だけでもごまかしておこうってね」

「蜃気楼って……あの、砂漠にあるヤツ？」

「うん、オノドリムならよく分かると思うけど」

「あーそっか、あれ、空気の中の水っ気が原因だっけ」

「本にそう書いてあった」

「そっかー、じゃあ君には楽勝だね」

俺はニコッと微笑《ほほえ》み、頷き返した。

空気中の水分をコントロールすることで、温度を変えて蜃気楼と同じような状況を作り出す。

相手がどういう存在なのかも分からないから、念には念を、保険程度のものだ。

それを仕掛けたので、心理的にも少し落ち着いたから、改めてヘカテーに向き直った。

「とにかく、説明をしてくれるかな。あそこにあるのは何？」

「あそこには、とある魔導書が封印されております」

「魔導書……」

「魔導書の名はエルナ・エスナー。同名の魔導師が記したものでございます」

「エルナ・エスナー……聞いたことないけど。大聖女が封印するほどの人間だったわけ？」

オノドリムは頰に指を当てながら、言った。

そんなオノドリムに聞いた。

「知らないんだ」

「うん、知らない。ほらあたし、精霊じゃない人間のことに関しては、人間よりもずっと『有名な』のしか知らないのよね」

「ああ、そういうことか」

俺は小さく頷いた。

有名なことしか知らない。

逆に言えば知識が少ないから、有名なものはより強く深く覚えている、なんてのはよくある話だ。

大聖女がわざわざ封印するほどのものだから、自分でも知ってる名前のはず——だけど知らないのは変だ。

そう、オノドリムは言っている。

オノドリムに頷いてから、ヘカテーの方に向き直った。

「有名な人じゃないの?」

「それなりに。しかしおっしゃる通り、大地の精霊の記憶にとどまるほどではなかったように思います」

「でも、ヘカテーが強く危険視するほどのものなんだよね?」

「はい。問題は書いた者でも、書いた内容でもございません。その作り方でございます」

「作り方?」

どういうことなんだろう、と俺は首をかしげた。

すると、横からそれまで黙っていたダガーが口をひらいた。

「もしかしてそれ、精霊版なのかな」

「……おっしゃる通りでございます」

「精霊版……」

なるほど、と俺は頷いた。

ちらっと触手が飛んできた方角を見た。

昔から名前だけは知っている精霊版。

それを実際に見たのは初めてだ。

今、本はほぼすべてが手写し――つまり写本か、木版印刷のどっちかになる。

ほぼほぼ100%と言ってもいいくらい、この二種類のうちのどっちかだ。

木版印刷の本はそれだけで一財産で、ほとんど貴族しか持っていない。

写本はといえば、ヘカテーが図書館を作るため、広くそれをかき集めたことが記憶に新しいところだ。

しかし、この二種類以外にも、もう一種類の本の形がある。

それが精霊版だ。

俺はヘカテー、そして知っていいそうなダガーを見て、聞いた。

「精霊版は名前だけ知ってるけど、どういう形の本なの？」

「私も名前を知っているだけだな。それとどうやら危険な代物《しろもの》だ、くらいだな」

ダガーの言葉に頷き、ヘカテーの方に視線を戻す。

封印しているのは彼女だから、彼女は間違いなく知っている。

そう思って、視線で答えを促した。

「魔導書が記す魔法・魔導の技術は、文章や絵――つまり本にしただけでは完全に伝わりにくい、という性質がございます」

「たしかにそうだね」

俺は小さく頷いた。

海神《わたつみ》ボディを手に入れて、水にまつわる能力をいくつか使えるようになった。

そのいくつかは、海神限定ではなく、人間でも使える能力なんだっていうこと。

例えば今やってる、水分を操作して蜃気楼っぽいことをやる能力も、別に海神だけじゃなく、人間でもやろうと思えばできる。

いや、むしろできる人がどこか近くにいてもおかしくない程度の、ささやかなものだ。

そんな能力だが、本にやり方を書いて後世の人に残してくれって言われると、ちょっと困ってしまう。

幾分か感覚的なものもあるし、手取り足取りやらないと伝わらないものもある。

だからへカテーがいう「魔導書は本にしただけじゃ完全に伝わりにくい」というのはよく分かる。

「それを、精霊を書籍の中に封ずることで、再現性をもった魔導書になります」

「……つまり、魔導書自体がその魔法か技術を使える、ってこと？」

「神のおっしゃる通りでございます。精霊版は、技術の失伝を悔《く》いた歴史から生み出した技法でございます。文字よりも図形よりも、目の前で実演されたほうが再現もできる、という考え方に基づいたものでございます」

「そっか、すごい考え方だね。最初に思いついた人すごく頭よかったんだろうな」

「エルナ・エスナー、これに封じた精霊が問題でございました」

「問題」

「端的に申し上げれば……嗜虐《しぎゃく》、残忍、享楽的《きょうらく》」

「最悪の組み合わせだね」

はっきりとしたイメージは何一つ伝わらないのに、言葉の組み合わせだけで最悪だと分かる。

精霊版じゃなくても、写本でも伝わるくらい分かりやすいやばさだった。

「エルナ・エスナーはそこそこの魔導師でございました。そこそこであるが故に、最悪の形で精霊版を作ってしまいました」

「技法の再現に贄《にえ》でも要求されるのかい？」

ダガーが聞いた。

ヘカテーは小さく頷いた。

「どういうこと？」

「魔導師の力次第で、精霊との契約内容、その有利さが変わってきます。有力な魔導師は一方的に自分に有利で、精霊に不利な契約を押しつけられますが、そこそこ程度の魔導師であれば、『精霊版』完成を最重要目標にしてしまうので、精霊の要求を全てのんでしまう、ということがございます」

「なるほど、力が弱いと不利な契約を結ばれてしまうんだね」

俺は納得した。

じいさんたちが集めてくれた多くの本、歴史書で山ほど読んできたパターン。

例えば戦争に負けて結ばされた契約なんかはそういうのが多い。

「そのため、エルナ・エスナー——魔導書エルナ・エスナーは手のつけられない代物になりました。契約上、破壊にも座視できないほどの無為な犠牲《ぎせい》を出してしまいます」

「それで封印した、と」

「……」

ヘカテーは小さく頷いた。

これで話が全て分かった。

破壊するのもよくないから、ヘカテーが封印した。

しかしその力は今回の件で俺《神》の役に立つから、自分の命と引き換えに力を使おうと思った。

全てを理解した俺は、ヘカテーに聞いてみた。

「詳しい内容までは聞かないけど、命を犠牲《ぎせい》にすることでエルナ・エスナーという魔導書の内容を再現してもらえるんだね」

「はい……」

「分かった、じゃあ解決だ」

「え？」

うつむいたヘカテー、パッと顔を上げる。

驚いた顔は「どういうこと？」と強く訴えていた。

「ヘカテーは詳細を知らなかったんだったね」

俺はニコッと微笑《ほほえ》みながら、言った。

「僕、ちょこちょこ死んでるんだ」

78 ちょっとだけ死んでみた

「な、何をおっしゃっているのですか……」

ヘカテーはまるで知らない人、いや、何か急に現れた化け物でも見てしまったかのような、青ざめた顔で俺を見つめた。

「説明は今度するね」

俺はちらっとダガーを見て、ヘカテーにそう言って説明を先送りにした。

ヘカテーは戸惑いながらも小さく頷《うなず》いた。

よく分からないけど神がそう言うのなら——と、言葉にしなくても表情からそう読み取れた。

今ここで説明しないのはダガーがいるからだ。

別に話しても構わない。

だけど、それはたぶんダガーがめちゃくちゃ食いついてきて、知られた瞬間から話がものすごい勢いで、盛大にそれていきそうなのが簡単に想像ついちゃう。

イシュタルを助けるのには時間制限がある、ちゃんと助けるまでこれ以上の寄り道はしたくない。

「だからここは僕に任せてほしいんだ」

「……分かりました。私たちは何をすればよろしいのでしょうか？」

ヘカテーは何かを察したのか、幾分か落ち着いた表情に戻って、聞いてきた。

「まずは封印の解き方を教えて」

「解き方でございますか？」

「うん」

「これを用いて解きます」

ヘカテーはそう言って、法衣の下から小さな紙片を取り出してきた。

紙片のように見えるそれは――。

「本の間に挟む、しおり？」

「はい、これを封印の前で破くことで、封印そのものが解かれます」

「なるほど。これを借りていい？」

「もちろんでございます」

ヘカテーはそう言い、両手でしおりを捧げ持つようにして、俺に差し出してきた。

ただ差し出すだけでなく、頭を下げながら。

こういうところはやっぱり徹底しているな、とちょっと感心いや感動した。

俺はしおりを受け取って、自分の懐《ふところ》にしまった。

「技法の名前は？」

「セグメントブリッジ、といいます」

「セグメントブリッジね。そうだ、それを使ってまず作りたいものはあったの？」

「こちらでございます」

ヘカテーはそう言い、今度は装飾も石もない、シンプルな指輪を取り出して、さっきと同じように捧げ持った。

「指輪？」

「彼女の目的を鑑みて、常に身につけておける指輪の方がよいかと思いまして」

「そっか、さすがだねヘカテー」

俺はヘカテーを褒《ほ》めながら、指輪も受け取った。

その指輪をしおりと同じところにしまう。

俺に褒められたヘカテーは赤面して、嬉しそうにしたが、すぐにいまの状況を思い出して複雑そうな表情に戻った。

褒めるだけでこんなに喜んでくれるのなら、早くこの件を解決してもっといろいろ褒めてあげたいなと思った。

「よし、じゃあ後は僕に任せて」

そして改めて彼女たちを一度見回してから、ダガーに言った。

「ダガーさんと一緒に外に出ててくれるかな。オノドリムも一緒に」

「むっ？　なぜ私を遠ざけようとするのだ？」

「……今からすることに専念したいんだ。そうなると今度はみんなを守り切れるかどうか自信がないんだ」

「ふむ。まあ、いいだろう」

ダガーはしばらく俺をじっと見つめたが、意外にもあっさり引き下がった。

「禁呪《きんじゅ》を持ってきてくれるのであればそれで構わん」

「あはは。じゃあへカテー、オノドリム」

「承知致しました」

「本当にいなくてもいいの？」

「大丈夫」

「分かった」

オノドリムも引き下がった。

そのまま三人は階段へ引き返して、上の階に戻っていった。

三人の足音が遠ざかっていき、やがて最後は蝶番《ちょうつがい》の音と、何かが開いてから閉まった音が聞こえてきた。

「意外と響くもんだ」

そうつぶやきつつ、俺は反対側に向き直った。

懐から小さな水筒を取り出して、地面にこぼした。

小さな水たまりをつくって、水間ワープをした。

一瞬で飛んで、一瞬で戻ってきた。

連れてきたのは——体。

俺のもうひとつの体。

今、ここに二つの体がならんでいる。

人間のマテオの体と、なぜか俺に適合してしまった、海神《わたつみ》のボディ。

ヘカテーが俺を「神」と呼んで、心酔する原因となった海神ボディ。

「うーん、不思議な感じだ」

俺は苦笑いした。

今の俺はマテオの体に入っている。

そのマテオの体で、海神ボディをその場に座らせた。

最近はすっかり海神ボディにも慣れてきた。

慣れて、こっちも「自分」だと思えるようになってきた。

まったく動かない自分をゆっくり地面に下ろして、体に傷をつけないように慎重に座らせる。

転生の経験があって、普通の人間よりも幾分か人生経験が多いとはいえ、こんなことはさすがに経験がない。

海神ボディに適合して、切り替えたりするようになっても、切り替えた直後から人魚たちに使わないほうの体を任せることが多い。

こうして自分の体を安置するようなことは、はじめての経験なのかもしれない。

海神ボディをしっかり安置してから、改めて――と向かっていく。

地下なのにむやみに広い空間の中、さっき触手が飛んできた方角に向かっていく。

しばらく歩いて、また触手が飛んできた。

この攻撃も二回目。

既に知っているし、攻撃そのものはさほど鋭いものでもなく、あらかじめ身構えていた俺はオーバードライブした無形剣《むけいけん》でそれを斬りおとした。

斬りおとしつつ、さらにすすむ。

触手は数本斬り払った程度でおさまった。

斬りおとした触手は石造りの台に繋がっていた。

台は細長い直方体で、その上に一冊の本が置かれている。

本のまわりは、ボワッと光を纏《まと》っている。

不思議なもので、光は広まることなく、本のまわりだけでとどまっている。

球状の光を纏い、台の上に少しだけ浮いている。

なるほどこれだけ見ても普通の本じゃないというのはよく分かる。

俺は立ち止まって、少し待った。

触手がまた飛んでくるかも知れない、戦いながらじゃ対処しきれないかもしれない。

だから触手がもう飛んでこないタイミングまで待とうとしたんだけど。

「……もう打ち止めかな」

いつまでたっても新たに触手の攻撃が飛んでくることはなかった。

大丈夫かな。そう思いつつ、懐からしおりを――ヘカテーからもらったしおりを取り出した。

この段階に至っても反応はなかったので、今度は「本当にこれであってるのか?」という不安がうかびあがった。

そんな不安が頭によぎりつつ、俺はヘカテーに教わったとおり、しおりを両手で持って、びりり、と破り捨てた。

瞬間、変化が起きる。

本が纏っていた――いや、本を包んでいた光がはじけ飛んだ。

まるでシャボン玉のように、一瞬にしてはじけ飛んでしまった。

光がはじけ飛んだ後、そこには本だけが残った。

台の上に浮かんでいる、精霊版の魔導書。

さて、これで――。

『――』

「くっ」

ものすごい耳鳴りがした。

ただの耳鳴りじゃなく、外部からの力が流れ込んできたがために起こった耳鳴りだ。

そしてただの力でもなかった。

はっきりと、悪意を伴《ともな》った力だ。

その力が目の前の魔導書から向けられてくるのがはっきりと分かった。

俺は耳鳴りのする耳を片方だけ押さえつつ、言った。

「お前の力を借りたい」

『――』

また、耳鳴りがした。

今度は同じくらいの悪意に、さらに同じくらいの嘲《あざけ》る意志が一緒になって飛んできた。

それの不快感に耐えつつ、今度は指輪を取り出して、手の平の上にのせてつきだした。

「これにセグメントブリッジをかけて、人間と精霊をつなげる道具にしたいんだ。どうすれば力を貸してくれる」

『――』

三度、耳鳴り。
大分慣れてきた言葉にならない意志は、悪意と嘲りの他に、殺意までもが加わった。
何も予備知識なしにここまで来たら困惑しただろうが、今は違う。
殉教《じゅんきょう》の覚悟をしたヘカテーから、この魔導書は命を求めるものだと理解した。
代償は死、もしくは命。
そう言っているのだと理解した。
魔導書は一際《ひときわ》光った。
なんとなく――やれるのならやってみろ。
と、あざ笑っているように感じた。
「僕の命と引き換えにだね」
『――』
「具体的にはどうすればいい？」
『――』
魔導書から魔法陣が広がった。
魔法陣から二本の光がのびて、空中に二つの光の玉、光の空間をつくった。
指輪が俺の手から離れて、空間の一つに吸い寄せられていき、その中に収まった。
そしてまた、嘲り――いや挑発に似た感情が流れ込んできた。

後はお前が死ねば――やれるものならな。

今度ははっきりと、まるで言葉のように頭の中に響いた。

「よかった」

俺はにこっと微笑《ほほえ》んだ。

どうやら死に方までは指定されてないらしい。

目の前の魔法陣を見る限り、とりあえず俺が死ねばそれでいいみたいだ。

だから俺はほっとした。

これで死に方を指定されたら別の手を考えなきゃいけなかったんだけど、ただ死ねばいいのならいける。

俺は体内にある二つの魔力を混ぜて、唱えた。

――レイズデッド。

瞬間、意識が飛んだ。

パチッと目を開くと、自分が海神ボディの中に飛んだのが分かる。

そして視線を向ける。

海神ボディはマテオボディよりも視力がよくて、はっきりと見えた。

視線の先で、「マテオ」が力なく崩れ落ちていた。

「こっちに乗り移る度《たび》に死んでるようなものだからな」

俺はつぶやき、ちょっと反則かな、と苦笑いした。

が、反則でもなんでも。

視線の先で魔法陣が光って、指輪に力が集まっていくのを見て、反則でもなんでもいければいい、と思ったのだった。

79 ここで止める

俺は身構えながら、少しずつ近づいていった。

魔導書が何か「余計な」動きを見せれば、いつでも全力で飛び込めるように、身構えながら近づいていく。

今の俺は、海神《わたつみ》ボディに入っている。

よほどのことでも、大抵のことはなんでもできるって状況だ。

それで近づいていって、まずは、と指輪を拾い上げた。

さっきまでただの指輪だったのが、はっきりとした何かしらの力を感じる。

その力がなんなのか――海神ボディでパワーはあっても、本当の神のように全知全能ではないから詳細までは分からないが、何かしら力が込められたものになったのは感じる。

「よし」

とりあえずこれを持ち帰ろう、そしてオノドリムに見てもらおう。

そう思って、指輪を再び懐《ふところ》にしまい込んで、倒れている元の体――マテオボディを起こした。

肩を貸す形で起こして、考える。

ヘカテーたちはきっと、出口のすぐそば、ヘカテーの部屋の中で待っているはずだ。

このまま階段を登った方が早いのか、それとも水間ワープで外に飛んでから部屋の中に戻った方が早いのか――それを考えた。

すると――。

「――っ！」

魔導書が微《かす》かに光った。

夜空の星のように、微かに明滅したかと思えば、浮いている台との隙間《すきま》から触手が、俺に向かって伸びてきた。

その勢いが凄《すさ》まじく、風切り音が聞こえるほどだ。

とっさに手でそれを払い落として、一歩下がった。

「何をする」

『――』

問い詰めるが、さっきと同じように言葉での返事はなかった。

そのかわりさっきよりも遙《はる》かに強い感情が伝わってきた。

敵意、そして邪気。

純粋な邪気は、時として無邪気に通ずるものがある。

そういう混じりっ気のない邪気を放ちながら、さらに触手を増やして、攻撃をしかけてきた。

それを次々と払い落としながら、マテオボディをかかえたまま後ずさる。

そしてある程度距離を取った後、身を翻《ひるがえ》して、床を蹴《け》って階段に向かって突き進む。

「むっ！」

階段に到達するよりもはやく、触手が先回りした。

無数の触手がうねりながら階段への入り口を完全に塞《ふさ》いだ。

さらに、背後、床、天井――あらゆる方角から触手が伸びてきた。

もはや槍か矢か、それほどの勢いとなった触手。

直撃すればたちまち体がいくつもの大穴が開いてしまいそうな、それほどの勢い。

無形剣《むけいけん》でそれを迎撃した。

飛んでくる触手は三割が海神ボディ、七割がぐったりしたままのマテオボディを狙った。

それらを全て、マテオボディに提げられている剣を抜き放ち、オーバードライブをかけて、無形剣にして斬りおとした。

斬りおとされた触手は、真夏の芋虫《いもむし》のように、まるで灼熱《しやくねつ》の地面で悶《もだ》えるかのようにしばらくうごめいた後、動かなくなった。

そして、溶けて、地面に吸い込まれていく。

「もうやめろ、これ以上、いや、そもそも争う必要はないはず！」

『――』

振り向いて魔導書を制止しようとするが、向こうはさらに邪気を放ちながら、触手で攻撃してきた。

純粋な邪気に、喜びに似た粘っこい感情を感じた。

どういう感情なのかすぐにはピンとこなかったけど、新たな触手のほとんどがマテオボディに攻撃しているのを見て、なんとなく、捕まえた獲物をいたぶっているような、そんな感じを受けた。

「くっ！」

俺は触手をかわしつつ、懐から小さな水筒を取り出して、中身を床にぶちまけた。

量は少ないが、ちょっとした水溜まりになった。

水間ワープが使える俺の、持ち運べるどこでも行けるドア、のようなものだ。

それで水間ワープしてこの場から離れようと思った。

魔導書とこれ以上争う必要はないからだ。

俺は水に飛び込もうとしたが、魔導書は何かを察したのか、触手で床を叩きつけた。

水溜まりが飛び散ってしまう。

さらにそれだけではなく、触手で水を吸い取った。

そうしてから、くるり、とこっちに迫ってきた。

いや触手だからくるりも何もないんだが、俺は目の前に意地悪な男がいて、そいつがこれまた意地悪な表情で迫ってくるような姿が見えそうなイメージを受けた。

触手はまるでヘビのように、床を這《は》って徐々に近づいてくる。

「もうやめろ」

『――』

「……これが最後だ、これ以上はやめろ」

『――』

下品な表情で、高笑いしながら飛びかかってくるイメージが見えた。

触手が一斉に、俺に襲いかかってきた。

「……」

俺は無言で手を振った。

無造作《むぞうさ》に振った指先から、釣り糸くらいに細い水の糸が出現した。

水の糸で襲ってきた触手を迎撃、斬り刻んだ。

襲ってくるのを輪切りにして、それらがぼとぼとと地面に落ちる。

『――』

邪気が一変、驚愕《きょうがく》と戸惑いになった。

「別に、水は作ろうと思えば作れるんだよ」

俺はそう言い、手をかざした。

手の前の何もない空間から水滴がぽたりぽたりと、まるで朝露の如く滴《したた》り落ちた。

海神《わたつみ》ボディは水の操作に長《た》けている。

この地下室は上よりも湿気がこもっているから、こうして水を作り出すことは造作もないことだった。

水は地面で水溜まりになった。

俺は水溜まりをまたいで、魔導書に向かっていった。

そして、また手を振る。

黒の魔力と、白の魔力。

二つの魔力を混ぜて、魔法を詠唱《えいしょう》。

「倒そうと思えば、いつでも倒せたんだよ」

俺はそう言い、外に出さない方がいいと確信した魔導書を、邪気ごと水の刃でみじん切りにしたのだった。

80 無礼は許さない

階段を上がると、ヘカテーの姿が見えた。

入り口になっているまわりの木の枠《わく》をぎゅっと摑《つか》んで、体を乗り出しながらこっちをじっと見つめている。

そんなヘカテーは、俺の姿を見るなりぱぁと顔をほころばせた。

直前まで心配そうにしていたのが、一気に表情が明るくなった。

階段を上がりきって、部屋に出ると、少し離れた部屋の隅っこにオノドリムとダガーの姿も見つけた。

二人に微笑《ほほえ》みかけ、頷《うなず》き、無事と「完了」を伝えつつ、俺はまずヘカテーに話しかけた。

「お待たせ。これ、できたよ」

そう言って、指輪を手の平にのせて、見せるように差し出す。

「では、エルナ・エスナーを従えたのですね」

「ううん、それはごめんなさい」

俺が謝ると、ヘカテーは訝《いぶか》しんだ。

「いうことをあまりにも聞かないもんだから壊しちゃったんだ」

そう言いながら、頭を下げる。

「大事な精霊版だったのに、本当にごめんなさい」

これは本当に申し訳ないと思った。

本の価値はよく知っている。

本というのは、木版印刷でさえめちゃくちゃ高価で、「財産」になり得るレベルで、精霊版ともなれば下手《へた》したら国宝級の価値があると前にじいさんから聞かされたことがある。

いくら危険で封印しているものとはいえ、いやだからこそ価値という意味ではめちゃくちゃあるんだろうなと簡単に想像がつく。

そんな精霊版の魔導書を壊してしまったことを、俺は素直に頭を下げて、心から謝った。

しかし、そんな俺に対して。

「いいえ！」

ヘカテーは大声を出して、俺の言葉を真っ向から完全に否定した。

「神が気に病まれるようなことは、何も」

「でも――」

「エルナ・エスナー。かの者が神にどのようなご無礼を働いたのか、容易に想像がつきます」

「うーん、まあ、それはそうだね」

俺は微苦笑した。

地下室で感じた、実際に接したあの純粋な邪気。

あれはきっと今までもそうで、ヘカテーもよく知っているものだろうなというのは想像に難くない。

一言で言えば――たぶん「狂犬」が一番しっくりくる表現だと思ったから、簡単に想像できた。

「神が罰を下さずとも、わたくしが全て終わった後に滅するつもりでおりました」

「滅するって……穏やかじゃないね。まあヘカテーも危険な目に遭《あ》わされたしね」

「わたくしのことなどどうでもよいのです」

「うん？」

「それよりも神に無礼をはたらいたこと、万死を持ってもあがないきれるものではありません。制御は不可能ですが、苦痛を最大限に与えてから滅する方法でしたらいくらでも」

「そ、そうなんだ」

俺は……実はちょっと引いた。

ヘカテーの口調がかなり本気で、人間相手なら「爪の一枚一枚を剝《は》いで、歯の一本一本を抜いていく」みたいなことをいってるような口調だったからだ。

さすがにそれはちょっと気圧《けお》されて、ちょっぴりだけど引いてしまった。

とはいえ、分からなくは、ない。

転生する前の前世でも、こういう人を見るのは珍しくなかったからだ。

よくあるパターンだ。

自分に対する無礼は流せても、自分が尊敬する人への無礼は決して許せない、というタイプの人がいる。

例えば俺が知っているケースだと、とあるサーカスの団員——つまり芸人ですごく腕のいい、華のある若い人がいた。

その人は才能と能力にまかせて多くのファンを勝ち取った、そしてそのまま増長し、ベテランたちに大きな態度で接するようになった。

ベテランたちは一斉に、「若い人に腹を立てるのはみっともない」と口癖《くちぐせ》のように唱えながら、その若い人の無礼を許した。

それはいい、それまではよかった。

しかし、それからがよくなかった。

ベテランの芸人ってのは、多くのファンを持っている者たちということでもある。

そしてそのファンの中には、まったく違う業種だから、腹を立てても非難されないようなものも多くいる。

一番顕著《けんちょ》なのは金を出す貴族たちだ。

貴族たちは、今まで自分たちが目をかけて、あるいは好きだった芸人たちを、どこの馬の骨ともしらない、ぽっと出の若造に舐《な》められることを嫌った。

子供の頃にはじめて見て、人生を変えるほどの感動を与えてくれた芸人が、ただの若造に舐められることを、その者たちは自分のこと以上に腹立たしく感じた。

やがて徐々にそれが広まって、その若い芸人は干《ほ》されていった。

確かに立場が上の人間は自分への無礼を笑って許せるが、まわりの人間は笑い飛ばせないことが多い。

ヘカテーの反応を見て、そのことを思い出した、そして納得した。

「宗教というのは裏社会と変わらないのだな」

ふと、ダガーがそんなことを言い出した。

興味津々《しんしん》といった感じで話す彼女に、聞き返した。

「それ、どういうこと？」

「今の彼女の言い分のことだよ。まるで……そうだな、ボスの顔をつぶされた三下と同じ言い分ではないか」

「あはは……なるほど」

俺はめちゃくちゃ苦笑いした。

これまた納得してしまった。

ダガーのたとえは不謹慎《ふきんしん》だけど、本質は俺のと同じだった。

本人は許せても、本人を慕《した》うまわりが許さない。

そういう意味では同じだった。

とはいえ、同じ話でも、そこをさらに広げていくのはちょっと怖いって思ったから、俺は話を変えることにした。

「そうだ、これを」

俺はそのまま指輪をダガーに差し出した、ダガーはそれを受け取った。

そしてそのとなりにいるオノドリムに言う。

「それがあればいけるはずだから、手伝いをしてあげてくれる？」

「うん、任せて」

オノドリムは笑顔で頷いた。

もともとそういう流れだったからなのか、彼女はすんなり受け入れた。

そして、ダガーと一緒に、指輪を使って、精霊の力とリンクさせて心拍数を測ることができる魔導具の製作にかかった。

俺はそれに付き合わず、ヘカテーを見た。

その後、ちらっと、彼女がさっきまでしがみついてる入り口の木の枠を見た。

よほど強く摑《つか》んだのか、木の枠が少し崩れかけてる。

きっと中に飛び込みたかったんだろうけど、俺に言われて素直に外に出た。

それでもやっぱり中に戻りたい、でも俺に言われてるから——。

その内心のせめぎ合いが木の枠の状況から見て取れた。

そんな彼女の強い思いに改めて触れて、俺は少しクギを刺さないとって思った。

「ヘカテー」

「はい、なんでしょう」

「改めて言うけど、僕のために死のうと思うのは絶対にダメだよ」

「……」

ヘカテーは驚いた。

またそれを言われるとは思ってなかった顔だ。

「で、ですが……」

「殉教《じゅんきょう》というのは分かる、でもね——」

俺は言葉を選んだ。

頭の中でいくつか候補を挙げて、その中でちょっと強めで、しかし今のヘカテーに効きそうな言葉を選んだ。

「僕がそれを望まないっていってるんだ。それでもやるっていうのは、もうヘカテーの自己満足にしかならないと思うんだ」

「――っ⁉」

ヘカテーはハッとした。

そして、みるみるうちに顔が青ざめていった。

見ていてかわいそうになるくらい、めちゃくちゃ顔が青ざめていった。

だから思わずフォローしようと、強めに言ったのが無駄になりそうなフォローを入れかけた。

「お許し下さい‼」

俺が口を開くよりも早く、ヘカテーがその場でガバッと土下座《どげざ》した。

両手両膝をつけた、めちゃくちゃな勢いでの土下座だ。

「ヘカテー？」

「分をわきまえず、神の御心を踏みにじるかのような自己中心的な振る舞い。到底、許されるものでは――」

「いいからいいから、立って」

このまま懺悔《ざんげ》で自殺してしまうんじゃないかって勢いであやまるヘカテーを、俺は慌てて起こして、言った。

「やったことは仕方がないから、今後二度としないようにね……その証明に時間かかるけど頑張って」

「は、はい！」

最後に思いついて、ヘカテーに言った。

本当に、彼女は自殺でもしちゃいかねない勢いだったから、そういう考えにいかないように言いくるめた。

俺に「時間をかけて証明して」って言われれば、彼女は素直に時間をかけて証明するだろう。

ヘカテーは立ち上がって、まだちょっと険しい顔をしていたけど当面は大丈夫そうだって思った。

「さすがだな」

「うわっ！」

ダガーが真後ろから話しかけてきた。

真後ろの至近距離から声をかけられて、俺は心臓が飛び出るんじゃないかってくらいの勢いで驚いた。

パッと振り向くと、そこにダガーとオノドリムが立っていた。

さっきまで二人は少し離れたところにいたけど、今は二人して近づいてきてる。

様子からして指輪の件は終わったのかな、と思った。

「さ、さすがって、どういうこと？」

「言いくるめるのが上手《うま》いな、という意味だ」

「それはあまり……」

俺は微苦笑した。

確かにその通りだけど、それをそのまま言葉にされると「言いくるめた」効果が薄れてしまうかもしれないからだ。

「仕事柄、神を自称する詐欺師《さぎし》はたくさん見てきたが、その中でも上手く――」

「――っ！」

俺はハッとして、慌ててダガーの口を塞《ふさ》いだ。

背後からごごごご――と、めちゃくちゃ怖い気配を感じたからだ。

ちらっと見ると、感じたとおりヘカテーがマジギレ一歩手前の顔をしている。

自分のことはともかく、自分が尊敬する人間への無礼は許さない。

ヘカテーはまさにそういう人間で、ダガーの言葉は逆鱗《げきりん》のど真ん中を蹴《け》っ飛ばしていた。

おれは再びダガーの口を塞ぎつつ、同時にヘカテーをなだめる。

もう少し口を塞ぐのが遅かったら、ダガーも「滅される」ところだった。

それくらいの剣幕だった。

81 目覚めのキス

ダガーは指輪をつけて、テーブルの上に指輪をつけた手をのせた。

五本の指を開いて、リラックスした状態でテーブルの上にのせている。

その少し先に砂があった。

砂は何かしらの力が働いてて、刻一刻と——大体一秒ごとに自動的に形を変えている。

それは数字を表していた。

砂が自動的に、数字の形をしている。

「いい！　これはいいぞ！　これさえあれば研究がまた次の段階へ進むことができる」

「そうなの？」

俺は真後ろから、ダガーの肩越しにテーブルをのぞきこむようにして、聞いた。

「ああ！　今までは心拍数を測るのに、なんだかんだで神経を集中させなくてはいけなかった。

そのくせ心の中で計算を必要とした。しかしこれさえあれば心拍数の数値にもう頭を悩ませる
必要もない」

「それってそんなにすごいことなの？」

「当然だ！　感謝するぞ」

「そっか。それならよかった」

俺は少しホッとした。

詳しい話を完全に理解しているわけではないけど、ダガーが満足している、いや大満足していることは分かる。

「じゃあ、今度はこっちの番だね」

「うむ？」

「陛下のことだよ。陛下のことを助けるために来たって言ったじゃない」

「ああ、そういえばそうだったな」

ダガーは今更思い出したかのように、小さく頷《うなず》いた。

それでこっちの要請に応えるのかと思いきや、ダガーはじっと俺を見つめてきた。

何かを探るような目つき、なのはすぐに分かった。

何を探ってるんだ？　と、不思議がっていると。

「せっかくだから、もうひとつだけ私の要求を聞いてもらおう。今度は――」

「ヘカテー！」

ダガーが言い終えるよりも早く、俺はぱっと振り向いて、手の平をつきだした。

俺の背後にはヘカテーとオノドリムが立っていた。

とりあえず自分たちの出番はここまでという感じで、二人は少し離れた場所に立っていたのだ。

そのヘカテーが、さっき以上に険しい顔をしていた。

もはや視線だけで人を殺せそうな、そんなレベルの険しい顔をしていた。

「落ち着いてヘカテー」

「得心しております、神。今その者には何も致しません」

「終わった後でもやめて」

俺はかなり本気でヘカテーをなだめた。

彼女は完全にキレていた。

ダガーはちょっとだけ調子に乗った感じだ。

俺の頼みごと、イシュタルを助けられるのが自分しかいないと理解して、さらにもうちょっと俺から何かを引き出そうとした。

それをヘカテーは、当然の如く不快に思った。

神との約束を破ろうとした、その上さらに弱みにつけ込んでつけあがろうとした。

彼女のキレる理由が手に取るように分かった。

「とにかくいいから」

「……分かりました」

ヘカテーは渋々引き下がったが、険しい顔はまったく収まっていなかった。

これ以上ダガーのペースに乗っかるのは絶対によくない。

俺はダガーに振り向き、ちょっと強めに交渉した。

「ダメだよダガーさん。約束だったよね、それとの引き換えに病気を治療してくれるって」

「うむ、そうだな」

「だったら約束を守ってくれなきゃ。もし陛下にもしものことがあったら、今後は一切協力できなくなっちゃうよ」

「むっ、それは困るな」

ダガーは眉《まゆ》をひそめた。

こっちは純度100パーセントの、シンプルに「困った」表情だ。

俺がイシュタルのことでダガー以外頼れないのと同じように、ダガーも彼女の研究を効率的に進めるには俺の協力がなくてはならないと感じているところだろう。

いわば互いに弱みを握ってる状態だ。

それを俺が弱みとして使ったら、ダガーに効いた。

これが交渉上手《じょうず》な人間相手だと、ちょっとしたチキンレースになってくるような状況だが、
ダガーは交渉が上手《うま》いということではなく、あくまで自分の研究優先だというのが今まで接し

てきた中で分かった。

それを少し脅《おど》してやると、彼女はすぐに態度を変えた。

「しかたがない。なら、助けた後にまた協力してもらうぞ」

「うん、それならいいよ」

俺は頷き、ちらっとヘカテーを見た。

ヘカテーは少し落ち着き、無表情でしずしずと俺に一揖《いちゆう》した。

神の決めたことでしたら――と無言なのに聞こえてきそうな反応だった。

「ならば、今から言うものを揃えてもらおう」

「これ以上何かをせびろうというのですか？」

ヘカテーはとげとげしさマックスにいった。

「何を言っている」

対して、ダガーは呆《あき》れたような表情をした。

「私は医者だ。医者ができるのは診断と薬の調合のみ。まさか薬剤まで私に探しに行ってこいなんていうんじゃないだろうね」

「……失礼しました」

ダガーの言いたいことを理解し、ヘカテーはまた無表情で引き下がった。

「えっと、何を用意すればいいの？」

「まずは母乳だな」

「ぼ、母乳？」

俺は驚いた。

まったく予想外のものを言われたからだ。

「うむ。成人の男だったな？　ならばタル一つ分あればこと足りるだろう」

「母乳って……どうしてそんなものを？　しかもそんなに」

「うむ、私は患者を救えばいいのかな？　それとも君たちの知識欲を満たせばいいのかな？」

「あっ。えっと……」

「お任せ下さい、神」

ヘカテーは一歩前に進み出て、そう言った。

「すぐに集めさせます。母乳だけでよいのですか？　何か他に条件は」

「厳密には出産間もないものの方がベストだが、それは量で補《おぎな》えるから気にしてなくても平気だ」

「では出産間もない母親たちから集めさせます」

平然と受け入れるヘカテー。

そんなヘカテーを、ダガーはじっと見つめた。

「何か」

「それを軽く請け負えるのなら追加の注文も君に出そう。母乳を一時的に入れる容器だが、内側は純金でコーディングさせたまえ。99・99％以上が好ましい」

「承知いたしました」

ヘカテーはやっぱりあっさりと請け負った——が。

「だ、大丈夫なのヘカテー？　純金って結構高いし大変じゃない？」

「神のためならば」

ヘカテーはそう言い、やっぱりあっさりと、こともなさげに請け負ったのだった。

☆

半日程度で、純金の器《うつわ》も母乳もあつまった。

酒場でよくテーブル代わりに使われるような大きなタルに、その内側を純金で打ち壁をつくった。

そのタルの中になみなみと白い母乳がそそがれてから、密封されている。

今ここにあるのは、ぱっと見ただの大きなタルだ。

ヘカテーの部下は全員下がらせて、ふたたび俺たち——俺とヘカテーとオノドリム、そしてダガーの四人になった。

「うむ、ではそれを振りたまえ」

「振る？」

「そうだ、酒精飲料と果汁を混ぜたものを振って飲むことがあるだろう？　そういう感じだ」

「えっと、どれくらい振ればいいの？」

「小一時間ほどだな。早く振ればその分短縮できるが」

「分かった」

俺は頷《うなず》いて、タルに向き直った。

そして、タルを持ち上げた。

俺は海神《わたつみ》ボディのままだ、タルの一つくらい、簡単に持ち上げられた。

俺はダガーに言われた通り、完全密封されたタルを振った。

上下にシャカシャカ、中にある液体が混ざって泡立《あわだ》っていくのを感じながら振った。

「すごいな、その巨大なタルをその速さで振れるのは」

「これでいいの？」

「うむ、その速さなら五分くらいで大丈夫だろう」

「そっか」

俺は頷き、そのまま振った。

まずは言われたとおりに、五分くらい振り続けようと思った。

「ねえねえ、なんで母乳を振るの？」

これでは五分間は他にできることがない。だからなのか、オノドリムがダガーに聞いた。

「生き物の乳はだな、赤子に飲ませて病気への抵抗を高める効果があるのだ。出産間もない乳ならその分効果が上がる」

「そうなの？」

オノドリムはヘカテーに向いて聞いた。

ヘカテーは静かに答えた。

「はい。母乳で育った子供の体が丈夫になるというのは、半ば常識です」

「へえ。それをなんで振ってるの？」

「それは実際に見た方が早い」

ダガーはそう言い、俺の方を見た。

なるほど成果をってことか。

俺はさらに速く振った。

巨大なタルを、まるで小さなコップでするかのように、全力で上下にふった。

「もういいだろう」

「分かった」

俺は頷き、タルを置いた。

ダガーは近づいてきて、俺が置いたタルを開けた。

パカッと開いたタルの蓋《ふた》――中を見て驚いた。

「水⁉　と、この固まりは？」

「それが母乳の精髄《せいずい》だ」

「精髄……」

「凝縮したものというわけだ。ああ、どうせ聞かれるだろうから答えておく、純金で内壁をコーディングさせたのは不純物を混ぜないためだ」

「あ、なるほど」

ダガーは追加で用意させて、小さな純金のコップを使って、タルの中の小さな白い固まりをすくい上げた。

「さあ、患者はどこだ？」

☆

俺たちは水間ワープでイシュタル――皇帝の寝室にやってきた。

寝ている皇帝のまわりに使用人やら医者やらがたくさんいたが、やってきた瞬間オノドリムは彼らを全員眠らせた。

驚いてオノドリムを見ると、

「これ以上ごたつくのはね」

と、いたずらっぽい笑顔で答えた。

俺は彼女に心から感謝しながら、イシュタルに近づいた。

ベッドの上でイシュタルは静かに寝ていた。

ずっと眠りっぱなしで食事もできない状態だったから、頬《ほお》がすこしコケている。

振り向いて、ダガーを見た。

ダガーは小さく頷いた。

俺は作ってきた小さな白い固まりを、イシュタルの口の中に入れた——が。

「食べない……」

「寝ているからな」

「そっか、そういう病気なんだっけ」

俺は少し考えて、手をかざした。

海神ボディから海水が出て、イシュタルにかかった。

海水をかけられたイシュタルは男から女へ、出会った時に俺が思わず見とれてしまった、あの美しい女の姿になった。

俺はそのまま、彼女に口づけた。

背後からみんなが驚いているのが気配で伝わってきたが、スルーする。

俺はイシュタルに口づけて、白い固まりを彼女が飲み下せるように手伝った。

白い固まり——薬をゆっくり喉《のど》の奥に送り込んでやって、口づけをとく。

そして、しばらくの間、彼女をじっと見つめる。

「……ま……て……お？」

イシュタルは、ゆっくりと目を開いて、至近距離の俺を不思議そうな顔で見つめてきたのだった。

82　君の名を

部屋の中、俺とイシュタルの二人っきりになった。

ヘカテーが気を利《き》かせて、オノドリムとダガーの二人を連れ出してくれた。

ダガーは何か言いたげで、不満そうにしてたけど、ヘカテーが耳元で何かささやいたら、納得してついていった。

そのこともちょっと気になるけど、俺はまず、目の前のイシュタルに振り向いた。

イシュタルはベッドの上で上体をおこして、背中をもたれながら、湯気の立つコップに口をつけている。

「大丈夫？　持つのがつらいのなら僕が飲ませてあげようか？」

イシュタルの手が震えているから、提案してみた。

「だ、だいじょうぶ」

イシュタルはかすれた、まだ衰弱しているがありありと感じられるような声でこたえた。

何日間も寝込んでいて、その間何も食べられなかったせいだ。

もともと、覚めない昏睡《こんすい》状態で食べることができなくて、それで衰弱死してしまう、というのがイシュタルの今回の症状だ。

この程度の衰弱で間に合ってよかったと安心するのと、本当にもう大丈夫なのかとまだ少し心配なのと、両方同時に感じていた。

そんな心配をしているのがイシュタルに伝わったのだろうか。

彼女はコップを自分の太ももの上、布団越しに太ももの上に下ろして、にこりと笑いながら、言った。

「ほんとうにもう、大丈夫」

「そっか。それならよかった。にしてもヘカテー、準備がいいな。こんなものを持ってきてたなんて」

俺はイシュタルが持っているコップの中味を見た。

中はなんの変哲もない、ただの重湯《おもゆ》だ。

ヘカテーはイシュタルが目覚めたあと、すぐにそれをさしだしてきた。

「医術は素人《しろうと》ですが、断食《だんじき》後の食事については多少の心得がございます」

ヘカテーは平然とそう言って、重湯をコップに注いで、イシュタルに渡した。

イシュタルは断食をしてたってわけじゃないけど、眠りから覚めずに何も食べることができなかったんだから、断食と同じ状況なんだなと納得した。

「……大聖女は」

「え？」

「成功を信じて疑わなかったのね」

「……うん？　うん」

どういう意味なんだろうと思ったが、イシュタルは半ば独《ひと》り言《ごと》のように、コップに視線を落としたままつぶやいていたから、俺に話しかけたんじゃないのかなと思ってスルーすることにした。

「体、大丈夫？　弱ってるのはもちろんだけど、他にどこかつらいところない？」

「つらいところ……」

イシュタルはそう言って、視線を落とし、片手をそっと自分の胸に当てた。

「……」

「胸が痛いの？」

「う、ううん。それは、大丈夫」

「本当に？」

「うん、そういう痛みじゃないから」

「え？　やっぱり痛いの？」

「大丈夫！　大丈夫だから！」

イシュタルは慌てて手を振った。

顔も赤くなってて、なんか焦ってる様子だ。

「本当に大丈夫なの？」

「だ、大丈夫！」

大丈夫？　――大丈夫！

傍《はた》から見れば間抜けなやり取りに見えたかも知れない。

でもイシュタルは強くそう主張したし、理由は分からないけど顔が赤くなって血色よく見えるようになったから、たぶん本当に大丈夫なんだろう、と思うことにした。

「……ごほん」

イシュタルは咳払《せきばら》いをした。

分かりやすい、「話題を変えよう」という咳払いだ。

「マテオには助けられた、お礼をしなくては」

「え？　そんなのいいよ」

「いいや、話を聞くに、余《よ》の病の噂《うわさ》はそれなりに広まっているはずだ」

「あー、うん。少なくとも宮廷内ではそうなるね」

「そうなると余の病を治した『誰か』が必要だ、皇帝の重い病を治した人間に何もしないというわけにはいかない」

「そういうものなの？」

「余は俗世の主だ、信賞必罰《しんしょうひつばつ》は欠かせないことだよ」

イシュタルはフッと、皮肉っぽく笑った。

なるほどな、とちょっと納得した。

「さて、そうなるとマテオにどのような褒美《ほうび》を与えるべきかだが……」

イシュタルはそう言って、両手でまだ湯気が立っているコップを包み込むようにして持って、視線を落として思案顔をした。

適当でいいよ――って言おうとしたんだけど、それじゃダメだってまた言われそうだと思って口をつぐんだ。

信賞必罰に関しては、歴史の本を多く読んでると、それを堅く守ったが故に成功を収め、名を残した歴史上の偉人が多いことが自然と分かってくる。

イシュタルではなく、皇帝として信賞必罰を口に出した以上、それをやめてという理屈も立場も俺にはなかった。

だから俺はそのままイシュタルを待った。

黙ったまま待った。

その間、広大な皇帝の寝室は、砂粒が落ちた音さえも聞こえそうなくらいしーんと静まりかえっていた。

数分くらいして、イシュタルは顔を上げた。

「マテオ・ローレンス・ロックウェル」

「え？　あ、うん、僕の名前だね」

いきなりなんのことかと思ったが、イシュタルは俺をフルネームで呼んだ。

普段はほとんど聞くことのない、貴族として長いフルネーム。

「そのローレンスはローレンス卿《きょう》の名前をそのままもらったもの、なのだったな？」

「うん、そうだよ。おじいちゃんがくれたもの」

「ならば余もそれに倣《なら》おう」

「へ？」

「マテオに名前を授けるのだ。余は皇帝なのだから、順番的には『マテオ』と『ローレンス』の間にはいるな」

「あ、うん……」

俺は曖昧《あいまい》に頷《うなず》いた。

皇帝や貴族などが、臣下に名前を与えることは決して珍しいことではない。

そして名前は何も一つでなければならないという決まりもない。

近くだと三十年くらい前に、長年にわたって三代の皇帝に仕えた宰相《さいしょう》が、三人の皇帝から三つのなまえをもらったということもある。

その人は元々「名前・母の名前・父の名前・名字」の「四つ」持っていたから、最終的には名前が「ジョセフ・ルカ・セイラード・シルス・エドワード・アイリン・ミッドマン」という、「七つ」つないだめちゃくちゃ長い名前になった。

皇帝が臣下に名前を与えるというのは普通にあることだ。

ちなみにその人、皇帝から与えられた三つの名前は、どれも古い言葉で「光」を意味するものだった。

途中から皇帝も大喜利《おおぎり》気分になってたんじゃないかって、ちょっとかわいそうだなとも思った。

「では、今日からそこに『グレイス』と付け加えて名乗るといい」

「グレイス？」

「ああ、余の父親、先帝『もしも娘が授かったらつけようとした』名前だ」

「へえ……って、それって⁉」

俺はハッとした。

最初は気づかなかったが、気づいて慌てた。

イシュタル——皇帝の正体は女で、ずっとそれを隠していた。

彼女が言う「もしも娘が授かったらつけようとした」名前は、たぶん……いやきっと間違いなく。

皇帝の本名、今やだれも知らない本名だ。

「そ、それはまずいよ」

「よい」

「で、でも。陛下のそれ、反対する人も」

「帝国の全ては皇帝の一存で決めてよいのだ。そして今の皇帝は余なのだよ」

「……」

俺は唖然《あぜん》とした。

それは何度も聞いたことのある、皇帝の口癖《くちぐせ》のような言葉だ。

口癖であり、真実でもある。

彼女は俺を見つめ、真顔で言い切った。

「……えっと、うん、分かった」

俺は少し迷ったが、受け入れることにした。

「うむ」

受け入れた瞬間、イシュタルは嬉しそうに笑った。

それでまたちょっと元気になったように見えたから、これでいいと思った。

かくして、俺は「マテオ・グレイス・ローレンス・ロックウェル」になったのだった。

☆

「やはり……軌道が変わっている」

マテオがやんごとない、高貴な名前を拝しているのとほぼ同時刻に。

一人の学者服を着た老人が、空にある太陽を見て、皺《しわ》くちゃの顔に、さらに眉間《みけん》に皺をよせたのだった。

第六章　夜王

83　入り口

あくる日、俺は自分の寝室、自分のベッドの上で目覚めた。

体を起こして、少しぼんやりしながら窓を眺める。

窓から差し込まれる朝日で、頭がゆっくり覚醒《かくせい》していく。

「久々かも……」

思わず、言葉に出してつぶやいた。

こんな風に、何にも追われずにゆっくりと自然に目覚める朝は久しぶりかもしれなかった。

たまにはこんなのんびりするのも——。

「マテオや。おお、もう起きておったか」

部屋のドアが開いて、じいさんが入ってきた。

じいさんはいつものように、満面の笑みのまま部屋に入ってきた。

俺は内心苦笑いしながら、じいさんに体ごと向き直った。

「おはよう、おじいちゃん。今日は——わわっ！」

じいさんは一直線に俺に近づいてきては、まったく躊躇《ちゅうちょ》することなく俺を抱き上げた。

「おじいちゃん⁉」

「おー、マテオ、また少し大きくなったのか？」

「え？　あ、うん、そうかな……？」

「うんうん、もっといっぱい食べて、ちゃんと大きくなるんじゃよ」

「そ、それは分かったから、そろそろ降ろしておじいちゃん。重くなってるなら本当に腰を悪くしちゃうよ」

「それなら大丈夫じゃ」

じいさんは俺を抱き上げたまま、ニカッと笑った。

「大丈夫って？」

「マテオを抱っこできるように、わし、体を鍛えたはじめたのじゃ」

「ええ⁉　そうなの、おじいちゃん」

「うむ、証拠にほれこの通り――高い高い」

「うわああ‼」

俺は思わず声を上げてしまった。

じいさんは言葉通り、俺に「高い高い」をしてきた。

貴族の家というのは、見栄とか格式とかの理由から、ただの村人の家に比べて天井が高く造られている。

俺は前世に住んでいた家だったら、間違いなく天井にぶつけられてるくらいの高さまで「高い高い」をされた。

「高い高いー」

「分かった、分かったからおじいちゃん降ろして！」

「高い高いー」

体を鍛えられたのがよほど嬉しかったのか、じいさんは俺への「高い高い」を止めようとはしなかった。

そこに、メイドたちが入ってきた。

数は三人、それぞれが俺の着替えを持っている。

いつものように朝の着替えを手伝いにきたのだ。

そのメイドたちは、「高い高い」をされている俺の姿を特に不思議に思うでもなく、じいさんの邪魔をしないように、すこし距離をとって着替えの準備をはじめた。

――逆に恥ずかしいわ！

まだ突っ込まれた方がいい、と俺は思った。

まだまだ少年とはいえ、それでも本来はとっくに「高い高い」をされるような年齢でもない。

ましてや中身は前世の年齢も加味して結構な歳《とし》だ。

そんないい歳の人間が、「高い高い」をされて、それを完全スルーされるのはちょっと心にクる。

俺はかなり本気でじいさんに訴えた。

「おじいちゃん、本当にもうやめて」

「んん？　しょうがないのう、じゃあ最後にもう一回」

じいさんはそう言って、泣きの一回——俺が泣きたくなる最後の一回をやってから、俺を床に降ろした。

「えっと、おじいちゃん、あんまり無理はしないでね。お年寄りって体を一度壊しちゃうと大変って聞くから」

「おー、さすがマテオ。その歳で自然に老人を思いやれるなんてさすがじゃ、なかなかできることじゃない」

「おじいちゃんが心配だからだよ。だから、その……本当の本当に無理をしないでね」

なんか勘違いしてるけど、今後も「高い高い」をされちゃかなわないから、俺は割とガチ目にじいさんを止めた。

それをじいさんはどこ吹く風だったから、俺は諦めてその話を打ち切って、メイドたちの方を向いた。

まだパジャマだったから、まずは着替えを手伝ってもらうことにした。

「――あれ？」

「どうしたんじゃマテオ？」

「服……なんかいつもとちょっと違う？」

俺はそう言いながら、不思議そうにメイドたちが持ってきた服を見た。

村人も貴族の孫《まご》も、俺は服を選んだことはない。

昔《むかし》は着れるものを着る、というザ・村人だった。服を選ぶというよりは、旅人が去っていった時期に街に行って、旅人が荷物を軽くするために古着屋に買い取ってもらった丈夫な古着を適当に買いに行く感じだ。

それでも村では割といい方だった。

転生してじいさんに拾われてからは、普通の貴族と同じように自分で服を選ぶことなく、用意された貴族っぽい服を着るだけの生活だった。

特に俺はまだ子供だったから、子供が変に自分で選んで貴族の格式を下げちゃ、ちょっとした問題になるから、基本は用意されたものだ。

だから、メイドたちが持ってくる着替えはいつも知らないものなんだが、それでも長年着ていると大雑把《おおざっぱ》に「こういうもの」だっていう認識が持てる。

だけど、今目の前にある服は、その認識から微妙にずれたものだった。

なんというか、前衛的？　というかなんというか。

「さすがマテオ、もう気づいたのじゃな」

「え？　おじいちゃんが用意させたの？」

「うむ、わしが広めたものじゃ」

「そうなんだ……って、広めた？」

一瞬納得しかけたが、じいさんの言葉に引っかかりを覚えて、聞き返した。

「うむ」

「どういうことなの？」

「ここ最近、小童《こわっぱ》がマテオにいろいろと与えているのじゃ」

「あー、うん、そうだね」

じいさんが言う「小童」とは皇帝のことだ。

昔からじいさんは皇帝のことを小童呼ばわりしてて、聞いてるこっちがいつもヒヤヒヤしてた記憶がある。

「それは別にかまわん、温和怜悧《おんわれいり》にして才気煥発《さいきかんぱつ》のマテオを可愛《かわい》がろうとするのは問題ない、むしろお目が高いと褒《ほ》めてやってもいいのじゃ」

「あはは……」

俺は苦笑いして、相づちだけ打った。

めちゃくちゃな褒め言葉を持ち出してきたし、皇帝に対しても上から目線のじいさん。

いつも通りと言えばいつも通りだが、深追いするのが怖い話の流れだった。

「しかし、わしはふと気づいたのじゃ」

「何を？」

「小童のやつ、結局のところマテオに『既製品』しか渡していないということじゃ」

「既製品……ああ、既にあるものってこと？」

「そうじゃ」

じいさんは大きく、力強く頷《うなず》いた。

「だからわしは一から作ろうと思ったのじゃ」

「一から？」

「うむ。国の各地から仕立屋をかき集めてな、マテオに似合う服を開発させたのじゃ」

「各地から……仕立屋？」

「そうじゃ。名のある紡績《ぼうせき》ギルト全てから有名な者を引き抜いたのじゃよ」

「え――。……あれ、でもおじいちゃん」

「なんじゃ？」

「そういう有名な……えっと、職人さん？　って、結構気難しくて、呼ばれたからって大人しく来るってイメージはないんだけど」

「ほう、さすがマテオ、よく分かっておるのう」

じいさんはそう言って、言葉そのままの感じで、俺の頭をなでなでした。

これも恥ずかしいし、やっぱりメイドたちは見て見ぬ振りするからやめてほしい。

「当然来ぬ者もいたが、そこはあれこれと手を尽くしたのじゃ」

「え？　まさか強引なことをしたの？」

「そんなことはせんのじゃ」

「そっか」

俺はホッとした――。

「マテオのために手を汚すのは、いざという時で十分じゃ」

「え？　おじいちゃん今なんて？」

なんかじいさんがさっきまでと違うテンションで何かをぼそぼそつぶやいたけど、小声だからよく聞き取れなかった。

「かかか、なんでもないのじゃ」

じいさんははぐらかした。

……なんだろう、直感的にそれは深く突っ込まない方がいいと思った。

「えっと……じゃあどうしたの？」

「うむ、金で動くものは金で、お気に入りの娼婦《しょうふ》がいるものには身請けの手伝い、年老いた母親を置いていけないという若者には使用人を十人つけてやったのじゃ」

「なんかすごいことをしてた⁉」

俺は本気で驚いた。

しばらく会わない間に、じいさんは結構がっつり目にいろいろやってたっぽい。

じいさんがかき集めてくれた本を山ほど読んできた感覚だと、じいさんがやったそれは本一冊分くらいの濃い内容になってるように聞こえる。

「そ、そこまでして僕の服を？」

「うむ、連中に色々作らせて、わしの公領内で流通をさせたのじゃ」

「え？　流通？」

「うむ、流通して、もっとも流行したものをマテオ服としたのじゃ」

それがこれだ！　って感じで、じいさんはメイドたちが持ってる服を指し示した。

「……」

「かっかっか、小童も大聖女も、この発想はあるまい」

じいさんは文字通りの高笑いをした。

いや……そりゃ……ないって。

そんな発想、イシュタルやヘカテーどころか、他の人間も持ってるかどうか怪しい。

下手《へた》したらじいさんオンリーワンなんじゃないだろうか。

じいさんが高笑いしていると、部屋の外からさらに一人、じいさんの執事が部屋に入ってきた。

よく知っている執事は俺に会釈《えしゃく》をしてから、じいさんに耳打ちをした。

「少し待たせておくのじゃ、そっちは緊急性がない、今はマテオの新しい服を見るのが先決じゃ」

「おじいちゃん、何かあったの？」

「うむ？　うむ、天文担当の役人がのう、ちょっと気になる報告をしてきたのじゃ」

「天文……たしか、農業にすごく大事なことだから、領主はみんな天気とか季節とか、昼と夜とかの長さを計算して、農民に知らせてる……んだよね」

俺は記憶を探った。

貴族になってからの記憶というよりも、むしろ村人時代の記憶を引っ張り出していた。

農民をやっていれば、自然とある程度の天気を感じたりできるようになるけど、それ以上に領主から得られる季節の情報が大事だった。

ちなみにこれは公爵でも伯爵でも男爵でも、そして皇帝でも。

領地を持っている領主の人間なら、規模の差はあれ、みんなやってることだ。

その記憶を引っ張り出してじいさんに確認した。

「おお、さすがマテオじゃ！　そのこともしっかり理解しているなんてのう。うむ、立派じゃ」

「えっと、それがどうかしたの？」

「うむ、その担当の役人がのう――」

じいさんは一変して真顔になった。

「――太陽が空にある時間が、過去最長になっているというのじゃ」

84 使徒の急報

屋敷の庭。俺はオノドリムとならんで、西の空を見上げていた。

空には太陽が沈みかけている。

その沈みかけの太陽を見つめていた。

「今、越えたよ」

オノドリムがそっと教えてくれた。

オノドリムが言う「越えた」というのは、「昨日の昼間の長さを越えた」という意味だ。

俺は小さく頷《うなず》きながら、口を開く。

「越えたのにまだ沈みきってない……ということはまた長くなったんだよね」

「そういうことだね」

「本当に越えたの？」

俺は真横を向いて、オノドリムに念押しをした。

「間違いないよ、昨日も今日も晴れだったし」

「うん」

「あれはあたしと関係ないけど、大地がどれくらいあれに照らされたのかなら分かるんだ」

「……うん」

俺は小さく、しかし重々しく頷いた。

じいさんに話を聞いてから、俺は自分なりに日照時間を測ろうとした。

それでどうやって測ろうかと思っていたところに、オノドリムが「あたし分かるよ」って言ってきた。

それで実際に測ってもらい、今、その理屈も教えてもらった。

なるほどそういうことなら間違いないんだろうな、と納得した。

そして、このやり取りをしている間に日が完全に沈んだ。

月明かりの中、俺とオノドリムがならんで立っている。

「季節的に長くなるっておかしいよね」

一般の人はあまりなじみはないけど、暦《こよみ》の上では「日極《にっきょく》」と「夜極《やきょく》」という二つの日が存在する。

それぞれその年の一番昼が長い日と、一番夜が長い日を示す言葉だ。

大昔では「夏至《げし》」と「冬至《とうじ》」という言葉を使っていたらしいけど、今はストレートに「日夜」のセットに変わった。

そして暦の上ではもうとっくに、「日極」を過ぎている。

「こんなことは今まであまりなかったよね」

俺は山ほど読んだ本で得た知識を、頭の中からひっぱり出した。

昼と夜の長さに関連する知識を、夏至冬至の時代までさかのぼっても、こんなにズレたことはなかった。

「そだね、あたしもこんなの知らない。何があったんだろね」

「オノドリムの記憶にもない？」

「えっとねー……」

オノドリムは頬《ほお》に手を当てて斜め上を見て、思案顔をした。

精霊も考えごとをする時はこんな仕草なんだ、となんとなく思った。

「人間の暦の設定はよく分かんないけど、あたしの感覚じゃ今日が今までので一番長かったね」

「そっか……」

俺は太陽が沈んでいった方角を見た。

俺は少し考えたあと、顔をあげてオノドリムを見た。

「ねえ、ちょっと、手伝ってくれる？」

「うん！　なんでも言って」

まだ何も言ってないのに、オノドリムは満面の笑顔で請け合ったのだった。

☆

数日後、謁見《えっけん》の間。

俺はイシュタルと向き合っていた。

まわりには武装した兵士や大臣などがいて、いかにもな、そしてありふれた謁見の光景だった。

そんな謁見の間で、イシュタルは男の姿で皇帝の服と威厳を纏《まと》い、玉座に座っていた。

俺は貴族としての正式な作法《さほう》で一礼して、イシュタルは鷹揚《おうよう》にうなずいて、楽にしていいと言ってきた。

「お時間ありがとうございます、陛下」

「うむ。今日は何用なのだ?」

「あ、うん。えっと、最近の昼間が長くなった問題でね」

「……うむ」

イシュタルは深刻な表情で頷いた。

「これを」

俺はそう言って、ちゃんとした羊皮紙《ようひし》を差し出した。

それを近くの兵士が受け取って、それから大臣に渡して、最後にようやくイシュタルの手に渡った。

謁見する人間が、何かを皇帝に渡す時の正式というか伝統的な手順だから、俺は何も言わずにイシュタルの手に渡るのを待った。

イシュタルはそれを見た。

「これは?」

「最近の昼間の時間の長さを測ったんだ」

「長さを?」

「うん、時間は見ての通り、毎日、同じ分だけ延びてるんだ」

俺が言うと、大臣たちがざわつきだした。

ざわつきというか、動揺《どうよう》というか。

それまでの空気がさらに一段階引き締まって、重くなったのをはっきりと感じ取った。

イシュタルは手をかざして、大臣たちをとめて、俺に聞いてきた。

「これはどうやって計測したのだ?」

「オノドリムに協力してもらった」

「なるほど。さすがだなマテオ」

イシュタルはほんの少しだけ口角を持ち上げて、俺を褒《ほ》めた。

「貴重な情報だ、礼を言うぞマテオ」

「お役に立てる？」

「うむ」

イシュタルははっきりと頷いた。

「マテオがこれを持ってきたということは状況の説明は不要だな。ここしばらく、天文官たちに計算させているのだが、曖昧《あいまい》な数字しか出てこなくてな」

「曖昧なんだ」

「うむ、まあ、『等間隔で延びていると推測される』くらいまではきているが、言い切ったのはマテオが最初だ」

「そうなんだ」

俺は小さく頷いた。

ふと、大臣の中に何人か悔《くや》しそうにしてるのと、俺を睨《にら》んでくるのがいることに気づいた。

どういう意味の反応なんだろうか。

「無為な対抗心を見せるな」

ふと、イシュタルが口を開いた。

聞いた人間がぎょっとするような、低い声の叱責《しっせき》めいた口調だ。

その場にいる全員がビクッとして、その後イシュタルが視線を向けている——俺を睨んだ大臣に向けられているということに気づいた。

イシュタルに、「冷淡な」視線を向けられた大臣らはすくみ上がった。

イシュタルはさらに続ける。

「帝国を守護する大地の精霊なのだ、その大地の精霊と張り合うつもりでいるのか？」

「い、いえ。滅相《めっそう》もございません……」

「そうか」

イシュタルはやはり「冷淡な」ままの口調で頷き、俺に視線を戻してきた。

そして、言う。

「よくやってくれたマテオ。この国難の時に大地の精霊との橋渡しをしてくれたことは何事にも代えがたい功績だ」

「ありがたきしあわせ」

イシュタルの言葉が少しオーバーにも感じたが、ここは公式の場。俺は素直に褒め言葉を受け取って、作法に則《のっと》って一礼した。

イシュタルは難しい顔で羊皮紙に視線を落とした。

俺が想像していた以上に難しい顔だったから、なんでそこまで？　と聞こうとした、その時だった。

「――えっ⁉」

思わず声を上げてしまった。

謁見の途中、あまりにも失礼な「えっ⁉」に、全員の視線が俺に集まった。

イシュタルも不思議そうに俺を見た。

「どうしたマテオ」

「……陛下」

「うむ？　……どうした」

イシュタルは同じ言葉を繰り返したが、表情はまったく違っていた。

間違いなく、イシュタルは俺の表情から事態の深刻さを読み取ったようだ。

「大変なことが起きました」

「……話せ」

「各地で農民の反乱が起きました。今のところ四つ」

俺が言うと、まわりがざわつきだした。

イシュタルはさらに深刻な、しかし自制心でどうにか落ち着きを保っている表情で聞いてきた。

「どこからの情報だ？」

「大聖女様に確認して下さい、今すぐ」

俺はそう言うと、イシュタルはハッとした。
イシュタル、そしてヘカテー。
二人は俺の「使徒《しと》」だ。
だからイシュタルは知っている。
使徒が祈りを捧げれば俺に届くということを。
一日一回までの約束を破って。
ヘカテーは、各地の反乱という知識《情報》を届けてきたのだった。

85 理屈じゃない安心感

皇帝の許しを得て、謁見《えっけん》の間から退出した俺は、急いで近くの水場に走った。

持ち歩いている水筒は使わなかった。

大事《おおごと》だけど、緊急じゃないからだ。

水場にたどりつき、まわりに人がいないことを確認してから、水の中に飛び込んだ。

水間ワープ。それでまず、ヘカテーの部屋に飛んだ。

「お待ちしておりました」

「ヘカテー」

ヘカテーは部屋の中にいた。

言葉通り俺を待っていたようで、俺が現れたのとほぼ同時に、しずしずと頭を下げてきた。

待っていたんだろう。

定例じゃないタイミングで、約束を破る形で連絡してきたということは、俺がすっ飛んでくることも予想していたはず。

だから彼女は、俺が真っ先に飛ぶであろう自分の部屋で待っていた。

「申し訳ございません――」

「ありがとう」

「――えっ」

俺はヘカテーの言葉を遮《さえぎ》った。彼女は目を見開き驚いた。

俺がここに真っ先に来るとヘカテーが予想していたのと同じように、俺もヘカテーが開口一番まず謝ってくるだろうな、というのを予想していた。

付き合いがどんどん長くなってきて、ヘカテーのことも段々と分かるようになってきた。

だから俺は、もし彼女が謝ろうとしたら即座に止めようと思っていた。

「大事なことを知らせてくれて、本当にありがとう。助かったよ」

「い、いえ……」

「本当にありがとう」

「はい……」

「それに、さすがヘカテー、さすが大聖女様。その判断力、本当にすごいことだと思う」

ちょっとでも罪悪感が残っているといけないから、俺はちょっと過剰《かじょう》にヘカテーを褒めた。

褒めるのは簡単だった。

俺が本当にそう思っているからだ。

狂信者ともいえるヘカテーが、俺《神》との約束を破ってまで情報を届けてきた。

その判断力は本当にすごいと思う。

だから、思ったことを言えばいいだけだから、褒めるのは本当に簡単だった。

俺は思ったとおりのことを、ただ隠さずにってだけ意識して全部ヘカテーに告げた。

「あ、あ、あ……」

次第にヘカテーは、顔どころか耳の付け根から首筋、多分だけど全身がまっかっかになっていった。

俺に褒められすぎて、今にも爆発しそうな感じだ。

「あ、雨」

このまま卒倒されても困るから、ひとまず褒めるのを中断した。

丁《ちょう》度《ど》外で雨が降り出して、通り雨の音がめちゃくちゃ響いてきたから、一旦雨の話を振ることで話題をリセットした。

分厚い雨雲は、部屋の中を暗くさせたが、その間ヘカテーの赤面が引いていった。

「それより、もっと具体的な状況を教えてくれるかな」

「あ、はい」

「どうしてヘカテーに反乱が起きたって分かったの？」

「神も摑《つか》んでいらっしゃるかと思います。ここしばらく、日照時間が日に日に長くなっており

ます」

「うん」

俺ははっきりと頷《うなず》いた。

逆にヘカテーがなんで？　とは聞かなかった。

じいさんやイシュタル、貴族に皇帝と、支配者たちが気にしていることなら、ルイザン教が無視しているはずはない。

そしてヘカテーはルイザン教の大聖女、トップにいる人物だ。

前代未聞の異変を報告されないわけがない。

だから俺はそのことをまったく無視して、ヘカテーの説明だけを聞いた。

「それによって生じるであろういくつかの問題点、それを監視していましたところ、農民に反乱の動きがあることに気づいたのです」

「生じる問題点？　どういうこと？」

「神は『積算日照』という概念《がいねん》をご存じでしょうか」

「えっと……ごめん、初耳」

「恐れながら申し上げますと、作物を育つ過程で、発芽《はつが》から収穫まで、合計でどれくらいの日差しを浴びたのか、という概念です」

「あー……なるほど」

俺は頷き、納得した。

「たしかに作物はお日様の光を浴びて育つから、育つにはどれくらい浴びればいい、という考え方は理にかなってるね。そっか、確かに、お日様があまり出ない年は不作になるしね」

俺は何度も何度も頷きながら、ものすごく納得した。

言葉自体ははじめて耳にするけど、理屈は元村人の俺にはすぐに理解して、納得できるものだった。

「そんな言葉があったんだ」

「考え方自体は以前からございました、農民たちは体感として理解していたようです」

「うん、そうだよね」

「言葉として、そして理論として確立されたのはここ十年くらいのことです。近年、体系的に研究をおこなう者も増えてきましたので」

そう言うヘカテーは、なぜか苦虫《にがむし》をかみつぶしたような顔をした。

どういうことだろう——と考えてすぐにハッとした。

ダガーのことを思い出してたんだ。

あまりそこは触れない方がいいかな。そう思い、俺はこっちの話を続けた。

「えっと……ってことはつまり、昼間が延び続けると」

「はい、積算日照が崩れます。特に農民は『夜の太陽』を普遍的に信仰しておりますので」

「だよねえ……」

夜の太陽というのは、言葉通りの意味だ。

一般的に、民間では昼間は「昼の太陽」が出ているから明るくて、夜は「夜の太陽」が出ているから、という考え方が非常に根強い。

かくいう俺も、マテオに転生する前はそういう考え方だった。

マテオに転生して、貴族のじいさんがたくさん本を集めてくれて、それを浴びるように読みまくった結果そうじゃないと分かった。

だけど、農民は未だにそう思っている。

そして、「お日様を浴びて育つ」というのは、夜の太陽も入っている。

光を浴びて育って、闇を浴びて次に育つための体力をつける、という感覚だ。

「まだ、摑んでいるだけだと四カ所だけですが、おそらくはさらに増えていくかと思われます」

「うん……そうだよね」

「応急処置にしかならないかと思いますが、神官などを各地に派遣して、『夜の太陽』はないことと、農作物に影響はないことを説明させようかと思います」

「ダメだよ、それはダメ」

「え？」

ヘカテーはきょとんとした。

俺にいきなりダメ出しをされるとは思っていなかったんだろう、かなりの驚きようだ。

「な、何か、間違いを犯しましたでしょうか」

「間違いというか、それはあまり意味がないんだよ」

「意味がない？」

「多くの人間、特に農民とかにとってね、正しいかどうかっていうのはそんなに重要じゃないんだ」

「重要じゃ、ない」

「あえて分かりにくく言うけど、正しいことって正しいわけじゃないんだよ」

「……正しさは受け入れられない、と？」

「うん。こういう時、理屈じゃない安心感がほしいんだ、みんなは。わかるかな」

「…………はい」

ヘカテーは重々しく頷いた。

「神の教えを説《と》く過程で、そのように感じられている、と思ったことは何度もありました」

「そっか、だったら話は早い。その説明？　に向かわせるのはやめて。こういう時、理屈がどうとか、正しさがどうとかっていうのはよくて無意味、最悪で逆効果だから」

「承知いたしました、すぐにやめます」

「それと……ありがとう」

「え？」

ヘカテーはまたきょとんとした。

この流れですぐにまた褒《ほ》められるとは、まったく思ってなかったようだ。

俺はふっと微笑《ほほえ》みながら、ヘカテーに言う。

「ヘカテーのところに来てよかった。とりあえず応急処置だけど、一時凌《いちじしの》ぎの方法を思いついたよ」

☆

俺は海にやってきた。

前回の一件のあと、再び人魚たちへ返した海神《わたつみ》ボディに乗り換えて、海上に出た。

海上に出て、海の上に立って、空を見上げる。

太陽は西に傾きかけている、もうすぐ日没だ。

俺は両手を広げて、手の平を上に向かせた。

海神ボディ——海神。

海から離れても人間を超越した力を行使できるけど、一番力を発揮できるのはやっぱり海にいる時で、海に関連したことをする時だ。

俺は、海から大量の水を気化――空気にした。

水は空気になって、空に立ちこめていく。

みるみるうちに、遥《はる》か上空で集まって、雲になった。

最初は白い雲だったのが、どんどんどんどん集まって、黒い雨雲になっていく。

ほぼほぼ無尽蔵《むじんぞう》の海水から立ち上って水気はあっという間に雨雲になって、空を覆《おお》い尽くした。

じいさんが集めた本の中に、雨雲と雨の理屈を書いたものがあった。

その一つが、海から蒸発した水が空で雨雲になって、陸に流れて雨になって、そしてそれは川に集《つど》って、また海に還《かえ》る――というものだ。

それを俺は再現した。

海神の力で、海水を水気にして、雨雲をつくった。

すると――空が暗くなった。

圧倒的に暗くなった。

まるで夜のように暗くなった。

昼間でも――ヘカテーの屋敷にいる時のような昼間でも、通り雨で部屋の中が暗くなる。

昼間なら多少暗くなるだけですむけど、夕暮れの太陽が沈むか沈まないかくらいの時間帯な

ら、まるで昼間が縮まったかのような錯覚《さっかく》がするほど暗くなった。

「……よし」

とりあえずこれでいいだろう。

何も解決していないし、ごまかしに過ぎないけど。

元村人としての感覚で、これでしばらくは誤魔化《ごまか》せるだろうと、俺はホッとしたのだった。

86 白夜

地平線にだけ、壁のようにせり上がった雨雲が、代わりの地平線となったのを海の上から確認した。

太陽が濃い雨雲の向こうに消えていき、今日も無事に日が暮れた。

「ふぅ……」

俺は安堵《あんど》し、肺にたまった息をまとめて吐き出した。

そのまま足元の海水で水間ワープをして、ヘカテーの部屋に戻った。

疑似《ぎじ》日没後の部屋の中はヘカテーだけがいて、複数のランタンで室内を明るく照らしていた。

「お疲れ様でございます」

部屋の中で待っていたヘカテーは、手ずから手ぬぐいを差し出してくれた。

よく絞《しぼ》った手ぬぐいで顔を拭くと気持ちよくて、疲れが一気に取れそうな感じだった。

「ありがとう、気持ちよかったよ」

俺はそう言って、手ぬぐいをヘカテーに返した。

その手ぬぐいを受け取ったヘカテーは、俺の目《貴族の孫》から見たら動きがぎこちなかった。

それもそのはず、ヘカテーは実年齢三百歳を超える、世界最大宗教の大聖女様だ。

少なくとも数百年の間、誰かの「お世話」をしたことがないはずだ。

俺を神と慕《した》い、敬《うやま》っているから自らこうやって手ぬぐいを渡してきたが、手慣れていないのは一目瞭然である。

その不慣れが逆に嬉しい、とはいえ殊更《ことさら》に指摘するようなことでもないから、そのことはそっと胸の奥にしまい込んで、お礼だけ言った。

「ありがとうね、ヘカテー」

「恐悦《きょうえつ》でございます」

「今日もどうにかなったかな」

俺はそう言い、窓の外を見た。

既に夜になっているし街中だから直接雨雲は見えないんだけど、それでも窓越しに外を見た。

「さすがは神でございます。このような形で日没しているように見せかけるとは。神にしかなしえないまさしく神の御業。それを目《ま》のあたりにして光栄の極《きわ》みでございます」

「あはは、ありがとう」

「農民の蜂起もすんでのところでとめられました。神の『調整』通り、例年の日照時間に戻っていったように見えるため、他に反乱の傾向も見られません」

「それはよかった。でも……あんまりよくないんだよね」

「何がでございますか？」

ヘカテーは不思議そうに、きょとんとした顔で見つめてきた。

俺は微苦笑しながら、答える。

「これをやっても結局何も解決してないからね」

「……はい」

「それに、このやり方に慣れて、地平線に雨雲の『塀《へい》』を作る形にしちゃったから逆に思い知らされることになっちゃった。塀は毎日どんどん高くしなきゃいけない……つまり昼間の時間がどんどん長くなってるんだ」

「……」

ヘカテーはどう相づちを打てばいいのか分からない、そんな苦々しい顔をした。

「状況はむしろ悪化してる、早くどうにかしないと」

「現在、メーティスを中心に、信徒たちに書物を中心に調べさせております」

「ありがとう、過去に例があるといいんだけど」

もしもこの状況が文字通りの「前代未聞」だったら書物を調べても何も出てこないけど、今は前例があるのを祈るしかなかった。

「……ヘカテー、一つお願いしたいことがあるんだけど」

「なんなりと申しつけください。いかなる困難であろうと平らげてご覧にいれます」

「そこまで大げさな話じゃないよ。えっとね、地図を作ってほしいんだ」

「どのような地図でございますか」

「人が住んでるところと住んでないところを、大雑把《おおざっぱ》にでいいから分かる地図。そうだね、色で分けてくれると分かりやすいかな」

「承知いたしました」

ヘカテーは深く聞かずに、一礼して部屋の外に出ていった。

おそらくは俺の頼みを実行するために、部下に命令を下しに行ったんだろう。

「すごいよな……ヘカテーって」

俺の意図なんて理解もしてないだろうに。

それでも、今はまず動く時。そう言わんばかりに、何も疑問を持たずに頼み《命令》を実行した。

「使わないに越したことはないんだけど……」

俺の頭の中に一つの光景が浮かび上がってくるが、今はそれだけにはならないように祈るしかなかった。

☆

数日後の昼下がり、俺は海の上にいた。

海神《わたつみ》ボディの姿で、海の上に立っていた。

そんな俺の横に人魚姫のサラがいた。

俺は海面の上に立っていて、サラは海面から上半身だけ出ている状態だ。

「ねえ、それ、何してるの？」

サラは俺の右手を見て、聞いてきた。

俺は空を見上げながら、右手を軽く突き出して、手の平を上向きにして空に向けている。

その真上に雨雲があって、海水から蒸発して水気がそこに集まっている。

いや、雨雲と呼ぶにはあまりにも異質なのかも知れない。

中途半端な高さにあるそれは、雨雲より一段と黒く、まん丸な形になっている。

まるで雨雲をぎゅっと凝縮させたような見た目だ。

サラがそれを見て、不思議に思うのも無理はない。

「雨雲だよ」

「雨雲？　どうしてそんな風にしてるの？」

「……太陽を見る邪魔になるからね」

俺は微苦笑しながら答えた。

俺は朝から海に来て、太陽をずっと見ている。

ヘカテーたちに過去の文書から記録を探らせつつ、俺は実際に太陽を観察に来た。

問題が起きてるのは太陽そのものだ。だからじっと観察すれば、何か手かがりが見つかるんじゃないかと思って来た。

海に来た理由の一つに、360度見渡す限りの大海原《おおうなばら》の方が、障害物がなくて太陽を観察しやすいと思ったからだ。

実際その通りになって、さらに海神ボディで水気を操ったことで、一点凝縮の「雨雲」以外雲がなくて、太陽がよく見えた。

よく見えて、朝から半日ずっと見ていた。

「そうなんだ……ねえねえ、それで何か分かったの？」

「何も」

「何も？」

俺は苦笑いして、答えた。

「うん、お日様自体普通に見えるんだ。といっても、普段からお日様をそんなにまじまじと見てないから、今のが本当に普通なのかもよく分からないんだ」

「そうなんだ……」

「サラは何か分かる」

「うーん、ごめん！　分かんない！」

俺に聞かれたサラは海に浸かったままの体勢で空を見上げたが、すぐに首をかしげ、俺にむかって両手を合わせながら頭を下げてきた。

俺はほほえみ返した。

「気にしないで、分からなくてもしょうがないよ」

「分からないけど見てるの？」

「うん。今は分からなくても、今のをおぼえといて、明日との違いを比較するのもありかなって。状況が悪化してるんだったら、『どういう風に悪化』してるのかが分かればとっかかりになるかもしれないからね」

「そっかー」

サラはいつものように天真爛漫《てんしんらんまん》に、緊張感のない口調で返事をした。

これはまあしょうがないことだ。

人間と違って、海に棲《す》む人魚は日差しの長短で何かが変わるわけではない。

日に日に昼の長さが延びてるけど、海の民、人魚たちからすれば何かが変わるというわけではないみたいだ。

それで緊張感を持てという方が無理な話だ。

俺は再び空を見上げた。

時々話しかけてくるサラと世間話をしながら、太陽を観察し続けた。

そして、夕方になる。

俺はより集中した。

そろそろ地平線の「塀《へい》」も作らないといけないし、もしかしてこのタイミングにこそ何かがあるのかも知れない。

だから、それまでに比べて集中して空を見上げた。

しかし、事態は俺の予想を少し上回った。

集中しなくても分かるくらいの事態になった。

「あっ、沈まないね」

「――っ‼」

のんきなサラとは裏腹に、俺は息を呑《の》んだ。

最悪の想像が当たったのだ。

太陽が、沈まない。

西の地平線にある程度沈んでからは、地平線に消えることなく真横に流れ出した。

やっぱり来た、とうとうこうなったか。

当たってほしくはなかった、が当たり前の想像ではあった。

徐々に延びていく日照時間、その果てには「一日中昼間」になることが想像できた。

想像できたことだが、当たってほしくはなかった。

俺は右手を突き上げた。

一日中、ずっと作っていた黒い玉を解放した。

瞬間、雨雲が爆発的にひろがって、空を覆《おお》い尽くした。

薄暗かった空が一瞬で真っ暗になった。

「ひゃあ！　な、何これ」

「嵐だよ」

「嵐？」

俺は小さく頷《うなず》いた。

「へえ、嵐を作ってたんだ。でもなんで？」

海の民にとって、やはり嵐も驚くものでも恐れるものでもなく、サラはそれ自体には平然としていたが、俺がなぜ嵐を作ったのかだけ不思議がっていた。

「嵐なら、とりあえずほとんどの人間を家の中に押し込めることができるから。あっ、大丈夫。へカテーに人の少ないところを調べてもらったから、嵐はそこを中心に通らせるようにするから」

俺はそう言い、空を見上げた。

日が沈まない夜。それは騒ぎになりすぎるから、できるだけ隠したいと思ったのだった。

87 百人の話を聞き分ける耳

「……ふう」

朝、俺は嵐を全部海に「戻した」。

夜の間――沈まない太陽で白いままの夜の間、民衆に気づかないように、家の中にいてもらうようにするための嵐は、通常の朝日の時間とともに用済みになったから、降りきっていない雨は海神《わたつみ》の力で海に戻した。

空にかかる雨雲だが、海神の力をもってすれば水でしかないそれを操るのは簡単で、空は典型的に嵐が過ぎ去った後の雲一つない晴れ模様になっていた。

一晩中、被害を出さないように嵐の進路をコントロールしていた俺。

海神ボディといえど結構疲れた。

俺はそのまま、水間ワープでヘカテーの部屋に戻った。

「おかえりなさいませ」

早朝であるのにもかかわらず、ヘカテーは起きていて、俺を出迎えた。

目の下にはっきりとしたクマが色濃く出ていて、口調は普段とほとんど変わらないけど、彼女もまた疲労のピークを迎えつつあるのが一目で分かった。

「お疲れ様、ヘカテー。悪いんだけど、現状はどうかな」

「申し訳ございません……まだ、有力な知識は……」

ヘカテーは言葉通り、本当に申し訳なさそうな顔をした。

彼女からすれば神から受けた勅命《ちょくめい》だ。

それを実行・完遂できないというのは、信心深い大聖女にとって痛恨の極《きわ》みなんだろう。

「あまり気にしなくても大丈夫だよ」

「ですが……」

「全て調べて、出なければそれでもいいんだ」

「えっ？」

「その時は『本当の前代未聞』という結果が分かる。それって何か前例を調べつくすよりも難しいことだからね」

「はい……」

ヘカテーは頷き、少しだけホッとした、そんな表情になった。

なぐさめだけど、まったくの気休めというわけでもない。

結構前に、じいさんが大量に本を集めてくれはじめた頃に、その本から読んで覚えた知識がある。

物事の「あり」「なし」を証明する時って、「あり」は途中で何か一つでも事例を見つけたらもうそれは「あり」で、「なし」は厳密にやると「全部」調べないと「なし」って言い切れない。

例えば百人の人間がいて、全員が全身マントをかぶっている。

その中に女はいるかどうかを調べる話だとして、九十九人まで調べて全員が男だったら、女はいないと言い切れるのかどうか。

そりゃ「まずいない」って言ってもいいかもしれない、でも、最後の一人が女という可能性も捨てきれない。

だから、「なし」を証明するのは全部調べないといけないから、それはめちゃくちゃ大変なことだ。

「だから、もしもそうだとしたらヘカテーは誇っていいよ」

「え？」

「これだけのことで、『前代未聞』って言い切れるくらい調べられるなんて、大聖女のヘカテーしかできないことだから。だから誇っていいことだよ」

「身に余るお言葉……光栄です」

ヘカテーはそう言って、すこし表情が明るくなったように見えた。

その時、部屋の外から足音がして、直後に扉をノックする音がした。

「何か？」

ヘカテーは俺に微《かす》かに一礼しながら、鷹揚《おうよう》に部屋の外の人間に向かって問うた。

「経過の報告書をお持ちしました、大聖女様」

「ご苦労、そこに置いていきなさい」

「はっ」

声の主が短く応じた後、何かを置いた物音がして、次いで足音が遠ざかっていった。

いなくなってから、ヘカテーはドアを開けて、部屋の外に置かれた小さな箱を取って、戻ってきた。

上にパカッと開く箱の中に、紙の束があった。

ヘカテーはそれを取り出して、目を通していく。

厳しい顔で目を通すヘカテーだが、その表情は読み進めるとともにさらに険しくなっていく。

やがて、最後の一枚まで読み終えてから。

「……申し訳ございません」

「しょうがないよ」

俺は微苦笑した。

やっぱり思った通り、信徒が書物を調べてて、その報告書らしかった。

そして報告書は一言で言うと「見つからなかった」になるんだろう。

俺は言葉通り本当に「しょうがない」と思って言う。

この状況、「本当に本当の前代未聞」かもしれない、と思いはじめているからだ。

「さらに急がせます」

ヘカテーはそう言い、ドアに向かおうとした。

おそらくは部下を呼び、尻を叩いて急がせようとするんだろう。

異変は、その時起きた。

俺の横を通り過ぎて、またドアの方に向かおうとしたヘカテーがふらついた。

足元がおぼつかなくてふらついた――と思いきや様子は一気に急変し、彼女は膝から崩れ落ちた。

「ヘカテー!?」

俺はとっさに彼女を背後から抱き留めた。

抱き留めて、至近距離から顔をのぞきこむ。

「……ひどい顔」

と、思わずそうつぶやくほど、彼女の顔に疲労が色濃く出ていた。

この部屋に戻ってきた瞬間にも感じたものが、至近距離で見たからか、それとも直前の報告書で徒労感が増したからか。

彼女の顔は、さっき見たのより遥《はる》かにひどい顔だった。

「……」

俺に抱き留められているのに、反応はなかった。

目は半開きで、眉間《みけん》には深い縦皺《たてじわ》が刻まれている

俺に抱き留められている――いや。

自分が倒れていることにも気づいていないんだろう。

俺はそのまま彼女を抱き上げて、ベッドに連れていった。

ちょっと前に地下室に行く時に通った、今は通常状態に戻している彼女のベッド。

そこにヘカテーをゆっくり寝かせた。

明らかに過労だった。

考えてみれば、この一連の事件で、海神ボディの俺でさえ疲れを感じているんだから、青い血の使徒《しと》とはいえ人間の体のヘカテーが疲れていないわけがない。

このまま休ませてあげようと思った。

「そうだ、メーティスは？」

ヘカテーが倒れたことで、同じように働きづめなメーティスはどうなのか、と気になった。

俺はそっとヘカテーのベッドの横から離れて、物音をたてないように水間ワープをした。

飛んだ先は図書館だった。

ルイザン教管理のこの図書館は、ヘカテーが管理していることもあって、俺の水間ワープに対応した造りになっている。

ヘカテー自身の部屋と違って、図書館にはほとんど人が通らないようなところに、壁から流れる人工の滝みたいなものが造られていた。

そこに飛んだが、人がほとんど通らないようなところなのに、慌ただしい物音がこだましていた。

人工滝のある物陰から外に出ると、大量のルイザン教信徒がバタバタ駆け回っていた。

大半は本を運んでいるか、本を読んでいるかのどっちかだ。

「おい、そこ邪魔！」

「あっ、ごめんなさい！」

本を大量に抱え持っている信徒に怒鳴られた。

俺は慌てて道を譲《ゆず》った。

この様子じゃ……メーティスがどこにいるのか、聞いて回った方が時間が掛かってしまうかな。

通常時ならともかく、こんな風にみんながバタバタしているんじゃ、まともに答えてくれる人を探し当てるまでが一苦労だろう。

俺は諦めて、自力で探すことにした――。

「あっ、あれかな」

すぐに、メーティスらしき姿が見つかった。

厳密には人間の姿じゃなかった。

図書館の一角だけ、まるで小屋くらいに本がうずたかく積み上げられているところがあった。

その本の隙間《すきま》から、中に誰かがいるのが見える。

本をとにかく集めて集めて、一心不乱に読んでいるのがはっきりと分かる姿——というよりは「光景」だ。

直感的に、それがメーティスなんじゃないかって思った。

「新しいの持ってきたぞ！」

「……」

「どこまで読んだんだよ！　ここのどかしていいのか？」

「……」

「ああもう！　聞こえてないんならせめて聞こえてないって答えろ！」

「……」

「おーい使徒さんや、仮まとめのやつ、ここに置いとくからな」

誰かしらがやってきては、本の山の向こうにいる人に一方的に怒鳴っていた。

返事はまったくなかった。そもそもみんなが疲れてるせいか、やり取りが色々とおかしかった。

俺はそこに近づいた。

本の山からのぞきこむと、やっぱりそこにメーティスがいた。

メーティスは血走った目で、一心不乱に目の前の本を読み込んでいた。

もともとそういう人間だったのが、この状況下でさらに一段とのめり込んでいるみたいだ。

さっき見た光景を思い出す。

ここで呼びかけてもメーティスは反応しそうにない。

「これだけの集中力だしね……どうしよっか」

「え？　神様⁉」

予想外のことが起きた。

直前に見た光景で、怒鳴られてもまったく耳に入っていなかったようで、一心不乱に本を読んでいたメーティスが、なんと俺のつぶやきに反応して、顔を上げてこっちを見た。

本当にただのつぶやきだった。どうしたもんか、っていうつぶやきだった。

それにメーティスが反応した。

「僕の声が聞こえたの？」

驚いて聞いてみると。

「はい！　神様の声を聞き逃すはずがありません！」

メーティスは力強くこたえた。

ちょっとだけ苦笑いした。

納得できるような……そうでもないような答えだった。

彼女の「神様」に対する信仰心ならさもありなん……で、いいのかな。という苦笑いだ。

まあいい。そのことはスルーして、彼女に聞いた。

「どう？　状況は」

「すみません……神様が望むような内容は……」

「うん、気にしないで」

「あっ、でも！　絶対に見つけるから！　がんばりますから！」

「うん、でも無理しないで」

メーティスはヘカテーと同じ使徒、同じルイザン教の信徒。

ヘカテーと同じ反応をして――同じように倒れそうな感じがした。

彼女のことは今のうちにとめとくか、と思った。

ふと、彼女のそばにある紙の束が目に入った。

さっきだれかが持ってきて、メーティスの反応がないから置いていったものだ。

それを手に取って読んでみると、あっちこっちの信徒が本で調べた内容を大雑把《おおざっぱ》にまとめたものだった。

たぶんヘカテーが読んだものとそう変わらなかった。

内容は、ヘカテーやメーティスが報告したものとほとんど一緒だった。

「ごめんなさい神様。それ読んでから、神様に報告しなきゃだったのに」

「気にしないで。こうして僕が直接読めばその分の手間が減らせるから」

「は、はい……」

「……ん」

自分で言った言葉に、引っかかりを覚えた。

「どうしたんですか神様」

「手間が……減らせる」

「神様？」

訝《いぶか》しむメーティス。

そんなメーティスをじっと見つめ返すと、彼女はますます訝しんだ。

「えっと、私の顔に何か……？」

「メーティス」

「は、はい」

「メーティスはさっき、僕の声を聞き分けられたって言ったよね」

「はい、もちろんです」

「それって、僕の言ったこともちゃんと聞こえて理解したってこと?」

「はい！　もちろんです！」

「……もしかして」

俺はそうつぶやき、神経を集中させた。

もしかしたらできるかも知れない。

できなくても、損はない。だったらやってみるしかない。

そう思って、神経を集中させた。

海神《わたつみ》ボディなのも幸いしたんだろう。

メーティスの「聞き分ける」という言葉でヒントを得て、そっちに全神経を集中させると、この図書館の中にいる全員の声を聞き分けることができた。

おそらくはここだけでも百人は越えているんだけど、全員分、何を喋《しゃべ》っているのか聞き分けることができた。

「メーティス」

「は、はい！」

「こういうまとめはいい、みんなに読んだものをつぶやかせて」

「え?」

「えっと……そう。神が全部聞いてるから」

「──っ‼」

偶然だった。

でも、まとめたり、それを読んだりするヘカテーとメーティスの負担が減る方法を見つけた。

俺は図書館にとどまって、信徒たちのつぶやきを聞いて、直接情報と知識を得ることにした。

88 反転

俺は図書館の隅っこに移動した。

隅っこで目立たないようにして地べたに座り込んで、信徒たちの声に耳を傾けた。

メーティス経由で信徒たちに直接つぶやかせて、俺がそれを拾う。

百人近い信徒のつぶやきを聞き分ける……普通の人間なら到底できないことでも、この神のボディならできた。

「……ッ」

とは言え、それは「できる」というだけで、簡単にできるというわけじゃない。

百人以上の信徒たちの声を聞き分けるのはかなりの集中力がいるし、それではっきりと体力が消耗《しょうもう》されるのを実感した。

それでも俺は続けた。

状況が相変わらず悪化してて、どうにかしなきゃいけない……何かをしていたい。

その考えが俺をこうさせていた。

「申し訳ございません……」

「ん、ああ、もう起きてきたのか」

目の前に人の姿が見えて、幼げな声も聞こえてきた。

信徒の中に混じって、一人だけつぶやきではない言葉に、意識を目の前に戻すと、ヘカテーの姿がそこにあった。

ヘカテーは申し訳なさそうな顔で、今にも俺に土下座《どげざ》しかねないほどの雰囲気《ふんいき》を纏《まと》っていた。

「体は大丈夫？」

「はい……」

「だったらそれでいいよ、休めたのならそれでいい。今このタイミングでヘカテーにまで完全に倒れられたら大変だから」

「この始末、必ずや――」

「それはもういいから」

「はい……」

ヘカテーは申し訳なさそうに口をつぐんだ。

悔恨《かいこん》で己が身を引き裂いてしまいたい。ヘカテーの性格を考えたらそんなふうに考えているところだろうなと思った。

思いながら、俺は意識を少しだけ信徒のつぶやきの方に戻した。

「……もしや」

「うん？」

「信徒たちの声を聞いているのでございますか？」

「うん」

俺は頷《うなず》き、少しだけ声を押し殺して、答えた。

メーティスを通して伝えたのは、それで「神が聞いている」ということ。

そして俺は正体を隠して、隅っこでそれを聞いている。

俺は神ボディに入っているけど神ってわけじゃないし、そもそも「神が降臨した」なんて光景になったら騒ぎが大きくなるのは目に見えている。

だから俺は目立たないようにして、声も押し殺した。

「こうした方が早いし、ヘカテーたちの負担も減らせるからね。全員分聞き分けるのがちょっと大変だけど……うん、少しずつ慣れてきてるから大丈夫」

「……さすがでございます」

ヘカテーは啞然《あぜん》とし、その後、感動した表情に変わった。

「むっ……ああ……」

「どうなさいましたか？」

「当たりかなって思ったけど、よく聞いたらまた夜の太陽のことだった」

「ああ……」

ヘカテーは納得した様子で頷いた。

俺がこのやり方をはじめるまでは、彼女が報告を受けていた立場なのだから、俺が今思ってることと感じてることを彼女も感じていたのだろう。

信徒からの報告、聞き分けるとはいっても、さすがにまったく関係のないものは聞き流している。

その中で「太陽」かそれに近い言葉――例えば「日差し」とかが出てきた時に意識を強く向けるというやり方をしている。

そうしていたんだけど、「夜の太陽」という言葉が実によく出てくる。

「わたくしの時もかなり頻出《ひんしゅつ》しておりました」

「だろうね」

「それを最初からはねのけてもよいのですが、現場の裁量を制限した方がいい状況かとも思いました」

「うん、分かるよ」

ヘカテーの言うことはすごく分かる。

今は少しでも情報が欲しい状況だ。

ここで「夜の太陽がらみは要らない」とか命令しちゃうと、夜の太陽だけじゃなくて別の情報まではねのけられてしまうかも知れない。

今の状況だと、情報は全部上げてもらって、判断はこっちに――っていうのが一番いいと思う。

思う、けど。

「こんなに夜の太陽が出るようだと除外してほしいって気持ちになっちゃうね」

「やはりお手伝いさせてください」

「ううん、いいよ。それよりもそこにいて、相談に乗ってよ」

「……御心のままに」

ヘカテーは不承不承《ふしょうぶしょう》ながらも引き下がった。

どこまでいってもヘカテーらしいと改めて思った。

俺がちょっとでも強く言うと、彼女はそのまま引き下がってくれる。

神と認めた俺の言葉を否定することができないからだ。

でも、感情は見える。

青い血の使徒《しと》になって、見た目が幼い娘に若返ったから、彼女はこういう時いつも感情がダダ漏《も》れになる。

言葉には出ないが、表情には出る。

ヘカテーとたくさん接するようになって、それが可愛《かわい》いと思うようになってきた。

「ああ、また」

「またでございますか」

「うん、夜の太陽と白の魔力の人間の話だね」

「白の魔力の人間……それは人間ではないのではありませんか」

「たぶんね」

俺は頷きながら応えた。

もう大分前だけど、俺に強大な魔力があるって分かって、じいさんが雇った家庭教師から聞いた話を思い出した。

人間は黒の魔力だけを持ってて、その黒の魔力を練《ね》って白の魔力に変換して魔法を行使する、という基礎知識を思い出した。

月のことを思い出した。

この大地と月がそれぞれ白き星、黒き星と昔は呼ばれてて、一対《つい》の存在であることを思い出した。

「……ちょっと待って」

「どうなさいましたか？」

「ねえ、ヘカテー」

「は、はい」

ヘカテーはたじろいだ。

俺がいつになく真顔で、自分でも分かるくらいの、険しいくらいの真顔を向けたから、ヘカテーも顔を強《こわ》ばらせて息を吞《の》んだ。

「僕たち、なんで夜の太陽がないって決めつけてたんだっけ」

「え？」

「理由は何？」

「それは……理由、でございますか」

ヘカテーは自分の言葉を確認するようにつぶやいて、考え込んだ。

俺も考えた。

なんで、夜の太陽はないって決めつけてたんだ？

確かに、「それが常識だから」っていえばそうなんだけど、そもそも常識でいえば「白き星と黒き星」も俺の常識にはなかったこと。

考え込むヘカテー、答えはまだ出ていないが、それが答えでもある。

俺もヘカテーも、常識、いや先入観で夜の太陽はないものだと決めつけていた。

「……」

俺は少し考えて、立ち上がった。

「神？」

訝《いぶか》しむヘカテーをよそに、俺は目を閉じて、体の中にある魔力に意識を向けた。

そして――実行する。

今まで本格的にやってなかったこと。

人間は黒の魔力だけを持つ。

魔法を使うには、一部の魔力を白の魔力に変換して、白と黒を混ぜて魔法を発動させる。

ここに一つ、当たり前の盲点があった。

魔法使いは皆、白の魔力そのものにはなじみ深いが「全てが白の魔力」という状況になったことはない。

さっきの信徒のつぶやきは、夜の太陽と白の魔力の人間とあった。

だから俺は――全部変えた！

体の中にある魔力を、全部白の魔力に変えた。

瞬間、目の前の景色が変わった。

色が全て反転した、ものすごく気持ち悪い景色になった。

「もしかして……」

俺はそのまま歩き出して、図書館の外に向かった。

外に出て空を見上げると――。

「あった……」

相変わらず一つしかないが、ぱっと見でも分かるくらい、違う場所にある太陽を見つけた。

魔力をもう一度全変換すると、見た目が元に戻って、それが見えなくなって、いつもの太陽が見えた。

「神？」

「見つけたよ、夜の太陽を」

俺は振り向き、俺を追いかけて出てきたヘカテーに微笑《ほほえ》みかけたのだった。

89 神と村人のはざま

「ど、どこに⁉」

驚愕《きょうがく》するヘカテーは、空を見上げてきょろきょろする。

俺と同じように見上げたはいいものの、見つけられずに困惑しているのがありありと見て取れた。

当然だろう。

魔力を元通りに変換した俺の目にも、空にはいつものように「昼の太陽」しか見えていない。さっきまで、色が反転した世界の中で見えていた「夜の太陽」なんていくら目を凝《こ》らしても見えない。

だからヘカテーの困惑は当然だった。

そんな彼女にちゃんと説明する——程度の余裕が俺の中に生まれた。

「見えるようになったんだ。全身の魔力を白の魔力にすると、世界がまったく違った見え方になって、それでもうひとつの太陽が見えた」

「全身が……白の……？　そうでございましたか。さすがでございます」

「うん？　何が？」

ヘカテーは一瞬驚いた、まなじりが裂けるんじゃないかってくらい目を見開かせたが、それは本当に一瞬だけのこと。

すぐに彼女は落ち着きを取り戻し、何やら納得げな表情になった。

「全身の魔力を白の魔力になさったことでございます」

「うん？」

「過去に同じことをやろうとした人間もございました。人間は通常黒の魔力のみを有しているが、それが全部白の魔力に変わったらどうなるのか、という知的好奇心からの行動でございました」

「そうだね。二元論で分けられるようなものだったら、当然そういう発想をする人が出てくるよね」

俺ははっきりと頷《うなず》き、納得した。

はっきりと二元論で分けられるようなことなら、片方があればもう片方はどうなるのか、と好奇心が旺盛《おうせい》な人間は当たり前のように考える。

「それやった人はどうなったの？」

「説明……いえ、表現は非常に難しいのですが」

「うん？」

「一言で申し上げると——人ではなくなっていました」

「……なるほど」

肉体ごと何か別のものに変化したんだろうか。

それもヘカテーの知識の深さや教養の高さをもってしても、「表現が難しい」何かに変わったんだろうな。

「ですので、それを事もなさげになさった神がすごい——と一瞬思いましたが、神はそもそも人ではございませんので」

「あっ、だから納得したんだ」

俺が言い、ヘカテーは頷いた。

なるほど、それであの反応かって納得した。

同時に、ヘカテーが「神だから」というのにも納得した。

今の俺は神ボディに入っている。

そもそも月に行った時に取り戻した神の半身が、白の魔力のまま「氷漬け」にされたこともあった。

肉体が人間のものじゃないということで、俺自身も納得した。

「うん、まあそういうことだから。その状態だと見えるようになったんだ」

「ちなみにそれはどちらに？」

「あっちだね」

俺はさっき見えた、夜の太陽の方角を指した。

「あっちは……北ですか」

「うん、ずっと見てたわけじゃないから推測でしかないんだけど、なんとなく今見えてるこの太陽は東から西へってなってるのに対して、『夜の太陽』は北から南に、って感じだった」

「頂点で交差するのでしょうか」

「かもしれないね」

俺は頷いて、夜の太陽がある北の方に目を向けた。

そっちをしばらく見つめてから、ヘカテーに視線を戻した。

「ヘカテー」

「はい」

「僕はこれから空に上がる」

「空、でございますか？」

「うん。夜の太陽と今回の件に関係あるかどうかはまだ分からない、だから念入りに観察したい──雨雲の上でね」

「……かしこまりました、こちらのことはお任せ下さい。引き続き調べさせます」

「ありがとう――すごいねヘカテーは」

「恐悦至極《きょうえつしごく》でございます」

ヘカテーは顔を赤らめて、嬉しそうに応えた。

うん、やっぱりヘカテーはすごいなって思う。

だって、何一つ解決したり――いや、そもそも何も確定してはいないいんだ。

確かに「夜の太陽」は見つかった。

だけど、それが今回の一件、日差しが長くなって挙げ句の果てに太陽が沈まなくなったこととの関連性はまだ分かっていないんだ。

もしかしたら、なんの関係もなかったという可能性もあり得る。

夜の太陽という大発見で気が緩むことなく、さらに調査を続けさせる、その陣頭指揮を執《と》る。

それを言える、やれるヘカテーはやっぱりすごいと思った。伊達《だて》に三百年も大聖女をやってないなと俺はあらためて感心し、その心構えを学ばなきゃなって思ったのだった。

☆

空の上――雨雲の上。
まるで大地のように、濃くて分厚い雨雲の上に俺はいた。

俺はエヴァの背中に乗っていて、体内の魔力全てを白の魔力に変換し、夜の太陽を見つめていた。

ドラゴンの姿にもどったエヴァは俺を背中に乗せて、空の上で同じ高さを維持するように飛び続けてくれた。

『偉大なる父マテオよ、一つ聞いてもいいだろうか』

「うん、なんだい？」

ドラゴンの姿に戻ったエヴァは、いつものように厳《おごそ》かな口調で問いかけてきて、俺は夜の太陽に視線を固定したまま応じた。

『夜になっても沈まぬ太陽——白夜《びやくや》とも言うべきこの現象、そのまま父マテオの神跡や賜物《たまもの》として人間どもにくれてやるというのはどうだろうか』

「神跡……神の奇跡ってことだね。うん、そのこともちょっとだけ考えた」

『そうしない理由は？』

「ちょっと前にダガーさんから聞いたことを思い出したんだ」

『あの慮外者《りよがいもの》が何を？』

「あはは」

俺はちょっとだけ苦笑いした。

ダガーを巡っては、ヘカテーがどストレートに怒ってたけど、直接関わってない、話を聞いただけのエヴァまでもが一言目には「慮外者」って言って嫌っていた。

「ダガーさんは睡眠の研究をしてたよね」

『そう聞いている』

「でね、どうやら人間って、夜眠らないとダメみたいなんだ」

『……ふむ』

「ダガーさんの研究でね、同じ時間を寝てても、夜の方が昼に比べて全然疲れもとれるし、健康にもいいみたいなんだ。人間はそういう生き物だ。息を吸って水を飲むのと同じように、夜眠らないといけないって生き物だって言ってた」

『……そうか』

「確かに、ヘカテーと、あとイシュタルもきっと協力してくれるから、帝国とルイザン教の協力があれば、神の奇跡ってことでしばらくは民心は落ち着くと思う。でも、それじゃみんなの健康が害されるかもしれない」

　俺は空を見上げたまま言い続けた。

　ダガーの言うことは納得できる、というのが大きい。

　元村人である俺には、日の出とともに起きて日の入りとともに寝る生活が体にいい、というのが体感で分かる。

　だから神の奇跡で片付けることなく、どうにか解決しようと動いている。

「それで、夜はなくしちゃいけないって思ったんだ」

『さすが偉大なる父マテオ』

「うん？」

『あのような慮外者の言葉でも真っ正面から受け止める、その器《うつわ》の大きさに改めて感服した』

「大げさだなあエヴァは」

俺は微苦笑しながらそう言い、エヴァの背中に乗ったまま夜の太陽を見つめる。

「……あれ？」

『どうした、偉大なる父マテオよ』

「気のせい……？　ううん、違う」

俺はすっくとエヴァの背中で立ち上がった。

改めて、意識を強く集中して、穴が空《あ》くほどの勢いで夜の太陽をじっと見つめた結果。

夜の太陽が、はっきりと一回り小さくなった。そう、見えたのだった。

90 落ちない理由

俺はじっと夜の太陽を見つめた。

本当に小さくなったのか、俺の見間違いではないのか。

それをはっきりさせるため、眉間《みけん》に深い縦皺《たてじわ》を作りながらじっと見つめた。

が、よく分からなかった。

空の上のものを見る時はいつもこうだ。

昔も「雲が本当に流れているのか」を確認するためにじっと見つめたことがあるけど、空は比較の対象になるものがないもんだから、じっと見つめていたら動いてるのかそうじゃないのか、錯覚《さっかく》なのかそうじゃないのかが分からなくなってくる。

今もそうだ。

小さくなってる……？　とは思っていても確信が持てない。

「そうだ！」

ふと、昔やったことを思い出して、片目をつむって、開いてる目の前に指で輪っかを作った。

その輪っかを通して、夜の太陽を見た。

指の輪っかを比較対象に使って、まじまじと見つめた。

俺が全身全霊で集中して観察しているのを理解して、エヴァは黙って、何も聞かずにいてくれた。

やがて――。

「やっぱり、ちょっと小さくなってる。そういうものなの……」

『偉大なる父マテオよ』

「何？」

『もうひとつの、通常の太陽の大きさにまったく変化はなかった』

「見ていてくれたの？」

俺はちょっと驚き、聞き返した。

エヴァは空を飛んだまま、器用に首を少しだけ上下させた。

『あって困らぬ情報かと思って』

「困らないどころか、すごく役に立つよ。ありがとうエヴァ」

俺はそう言いながら、少し考えて、体を乗り出して強めにエヴァの頭を撫《な》でた。

荘厳な声に鋼《はがね》のような鱗《うろこ》、そしてちょっとした一軒家をも上回る巨体。

レッドドラゴンの姿の時からは想像もつかないが、エヴァはまだ生まれて間もない、可愛《かわい》らしい女の子のドラゴンだ。

卵から生まれた直後、初めて目にしたのが俺だから、エヴァは俺を「父」だと慕《した》ってくれている。

父親だと慕ってくれる可愛い女の子を褒《ほ》めるため、頭を撫でてあげた。

『えへへ……はっ！』

エヴァの巨体から漏《も》れたのは、可愛らしい女の子の声だった。

そんな声を漏らした直後、エヴァはおそるおそる俺を見た。

俺は聞かなかった振りをした。

エヴァは普段、可愛らしく「パパ」と俺のことを呼んでいる。

この姿の時だけ荘厳な声で「偉大なる父マテオよ」って言うんだけど、それが演技というか、ノリというか、そういう類《たぐい》のものだってなんとなく気づいている。

頭を撫でられ、褒められて思わず「素」が出たみたいだけど、俺は聞かなかった振りをした。

「さて、こうなると、どうしてこっちだけ小さくなるのか。そもそも普段から小さくなるものなのかな、それともそれが異常なのかな」

『それなら最悪でも明日になれば分かるであろう』

エヴァは元の荘厳な声に戻って、言った。

「明日に？　……そっか、今も夜が来ない事態の真っ最中。これが異常事態のものだったら

『さすがは偉大なる父マテオ。そう、明日になればなんらかの形で悪化しているであろう』

「逆にそうじゃなかったら、無視していいってことだね」

『その通りだ』

「……ふぅ」

俺は息を吐いた。

『どうした、偉大なる父マテオよ』

「ああ、うん。ちょっと気が抜けたかな。ここ最近ずっと何もかも分からない状況が続いたからね」

俺は苦笑いしながら答える。

「そりゃ今も何も改善されてはないけどね、でも、五里霧中《ごりむちゅう》なのよりはずっと精神的に楽だよ」

『なるほど、そういうものなのだな』

「ふふ、エヴァに分かりやすく説明するとね」

『ふむ？』

「僕が何も言わないでいなくなるのと、怒った顔でずっとエヴァをにらんでるのと、どっちのが気分的に楽なのか、ってことかな」

『さすが偉大なる父マテオ、簡潔にして明快』

「ふぅ……」

俺は深く息を吐いた。

エヴァにも話したように、俺は少しホッとした。

これまで先の見えない五里霧中の道が続いていただけに、「明日になれば」というのは精神的に楽だった。

もちろん明日になっても何も変わらない可能性もあるけど、それでも「明日になれば」というのが本当に今までに比べると遙《はる》かに楽になった。

そんな楽になった心が、高く持ち上げられて、一気に地面に叩きつけられたような気分にさせられた。

「――っ！　どういうこと⁉」

落ち着いて、エヴァの背中に座っていた俺が、弾かれるように立ち上がった。

『どうしたのだ？』

「太陽が……小さくなってる」

『小さくなってる？　それは今までと同じではないのか？』

「ちがう……そんなもんじゃないよ、これは！」

自分でも分かるくらい、声に焦りが出ていた。

夜の太陽がしぼんでいた。

百人に聞けば百人が「小さくなってる」って答えるくらい、ものすごい勢いでしぼんでいった。

さっきまでは錯覚だとか、判断するための基準だとか、そういう話をしていたが、それの比じゃないくらいの勢いでしぼんでいった。

このままいけば一時間もしないうちに夜の太陽は消滅すると感じた。

「どうしよう、これっていいの？　放っておいてもいいものなの？」

夜の太陽のことは分からなかった。

消滅するほどの勢いなのは分かるが、元来消滅して翌日に再び現れるものなのか、それとも異常事態なのかすら分からなかった。

分からないまま状況が進むと、三分の一くらいしぼんだところでそれが止まった。

俺はホッとした。

「一体……どういうことなの？」

『……偉大なる父マテオよ』

「え？　何？」

『太陽が真横に進みだした』

「え？」

エヴァに言われて、俺はパッと太陽の方を見た。

体で覚えている方角に向いたが、魔力を全変換しているから見えなかった。

が、エヴァがそう言ってるのならそうだろう。時間的にもいつもの夕方くらいなのが体感で分かる。

沈まない太陽、ここ最近の異変の大元。

「……ううん、大元はこっち？」

俺はそうつぶやき、夜の太陽を見た。


「今度は……膨《ふく》らんでる？」

『太陽の動きと関連しているのではないか？』

「状況的にはそう見えちゃうよね。確証はないけど」

俺は少し考えて、エヴァに聞いた。

「エヴァはどう思う？　僕関係なくエヴァ自身の考えは？　そうだね、直感とか」

『直感ということであれば――是《ぜ》と言わざるを得ない』

「そっか」

俺は頷《うなず》いた。

レッドドラゴンとしての直感か、それとも女の子としての直感か。

果たして俺は、そのどっちを求めたのか自分でもいまいちよく分からなかったけど、ともかく、エヴァの直感は関係があるらしかった。

「この状況……昼の太陽が夜の太陽を助けているように見えちゃうね」

『うむ、現象面だけでとらえればそう感じよう』

「代わりにこっちが夜の太陽を助ければいいのかな？」

『それが正しいのであれば、何かしらの力が譲渡《じょうと》されているはずだ』

「それが見えれば――はっ」

俺はハッとした。

「魔力の割合の調整でいける？」

『可能性は大いにあるだろう』

「やってみる」

俺は魔力の割合を調整しだした。

夜の太陽を見るために、白100の黒0でやっていた。

それを白99の黒1、白98の黒2、白97の黒3――と。

厳密にはもっと細かく、ちょっとした痕跡でも見逃さないように細かく刻んでいったけど、そんな感じで徐々に黒の割合を増やしていった。

夜の太陽が見えなくなり、昼の太陽が見えてきた。

両者の間に「何かしらの力」は見えないまま、黒100%……人間の普段の状況になった。

『どうだったのだ？』

「何も見えなかった」

『ならば力の譲渡ではなく、いることで自ら何かを生み出しているということかもしれぬな』

「うーん……あっ」

『どうした父マテオよ』

「もしかして……」

俺はハッと思いついたことを実行した。

体の中にある魔力を全部体外に放出した。

何も残らない、魔力の一雫《ひとしずく》も残らないように、とにかく放出していった。

人間の体であれば間違いなく体に毒なくらい、魔力を搾《しぼ》りだした。

そしてゼロに。

白0に黒0、言葉通りの完全なゼロになった瞬間。

「あった……」

昼の太陽から、夜の太陽に何かが流れていくのが見えたのだった。

91 魔力＋魔力

「おっと」

ふらついて、エヴァの背中の上で尻餅《しりもち》をついた。

『どうした⁉』

エヴァの心配そうな声が聞こえてきたので、安心させるために微笑《ほほえ》み返してやった。

「大丈夫、魔力を使いすぎて力が抜けただけ」

微笑みながら答えたが、俺自身ちょっと驚くくらい、声がすこしかすれていた。

神ボディとはいえ、さすがに全魔力を使い切って無事じゃすまなかったみたいで、気づいたら目の前がチカチカしてて、それが頭にも響いていた。

急に立ち上がった時とか、風呂でのぼせてしまったとか。

ああいうのの、数倍くらいはキツいヤツが俺を襲った。

「……」

『父マテオ？』

「ああ、うん。大丈夫……ふぅ」

一回目を閉じて、深呼吸して身も心も落ち着かせる。

少し魔力が回復してきて、楽になった。

再び目を開けると、目のチカチカはすぐにはおさまらなくて残像のような感じで残ったが、他の不調はあらかた引いてくれた。

「もう大丈夫だよ」

『何かできることはあるだろうか？』

「大丈夫、このまま僕を乗せてってくれたらそれで。……あと相談にも乗ってくれると嬉しいな」

『たやすいご用だ』

「ありがとう……見えたんだ。昼の太陽から夜の太陽へ何かが流れていくのを」

『それは力か、それとも物質的なものか』

「なんらかの力だと思う」

『魔力とは違うのか？』

「分からない、普段とは違う状態じゃないと見えない力だから、単純な魔力じゃないのは間違いないと思う」

『そうか。しかし父マテオの言葉を総合し、さらに予測も加えれば――』

「うん」

俺ははっきりと頷いた。

エヴァの言いたいことは分かった。俺でもする、ごくごく当たり前の発想だ。

「昼の太陽が分け与えてる力を解明し、それをこっちがしてあげることができれば。状況は改善できる」

『であれば、その力の解明が急務であろうな』

「そうだね……ねえエヴァ」

『うむ？』

「ぼく、今からちょっと無茶するけど、とめないでね」

『……我にできることはないだろうか？』

「うん、なるべく揺らさずに飛び続けて。体に必要以上の負担はかけたくないから」

『……承知した』

苦々しく頷いたエヴァ。

俺はそんなエヴァの背中に寝っ転がった。

回復した後はあぐらをかくように座っていたのだが、完全に仰向《あおむ》けになって寝っ転がった。

そして、空を見上げたまま、魔力を放出する。

白も0、黒も0の状態にする。

すると、またその力が見えた。

昼の太陽が夜の太陽へと渡っていく力が見えた。

空《から》っぽの状態からくる体の不調は、寝っ転がった状態にすることでかなり軽減できた。

その状態のまま見つめる。

魔力が少し回復しても、さらに吐き出して見つめ続ける。

まじまじと見つめると、その力に見覚えがあった。

さらに見つめると、それは錯覚《さっかく》などではない。確固たる「見覚え」だ。

つまり俺の記憶の中、人生の経験の中で、それかそれに近いものを見たことがあるということだ。

しかも……感覚的にはそう昔のことではない。

なんだろうか、どこで見たのだろうか。

俺はその力を見上げたまま、自分の記憶を探る。

今にも思い出せそうだ。

いわゆる「のど元まで出かかっている」みたいな状態になった。

何かきっかけがあれば一気に思い出せる、そんな確信があった。

だから考えた、めちゃくちゃ集中して考えた。

集中して考えた結果、魔力の絞《しぼ》り出しを怠《おこた》ってしまって、その力が見えなくなった。

「おっといけない――むっ」

まだ見ていなきゃ……そう思って魔力を絞り出そうとしたが、ビクッとなって止まった。

引っかかった。いや、はっとした。

この光景だ。

見えると見えないの境目にある光景。

この光景を俺は思い出そうとしている。

「あっ……それか！」

俺はハッとして、パッと体を起こした。

『分かったのか父マテオよ』

「うん、たぶん」

『おお、さすが偉大なる父マテオ』

「ありがとう。ねえエヴァ、もうひとつ協力してくれない？」

『なんなりと』

「ありがとう。エヴァは魔力をなんらかの形で――物質として具現化させることができる？」

『ふむ…………このようなものでよいのか？』

エヴァはそう言い、しばらく黙ったあと、顔の前に力を集中させた。

魔力が集中――凝縮した結果、宝石――いや真珠《しんじゅ》のような小さな玉になった。

空中に浮かんでいる魔力で作った、小さな玉。

エヴァはそれを器用に俺に渡した。

『これでよいのか？　父マテオよ』

「うん……これを、あっ、ちょっと待って」

俺は微苦笑した。

こっちの魔力が戻りきっていない。

俺は水間ワープを使った。

エヴァより下には雨雲がある。

今日も昼の太陽が沈まないだろうから、あらかじめ用意してあった濃い雨雲がある。

雨雲の中は水がたっぷりだから、俺は雨雲に飛び込むようにして、水間ワープを使った。

海の中に飛んで、ほとんど空っぽの神ボディからマテオボディに戻る。

そして水間ワープで空の上に戻った。

「うわっ！　ひっぱってエヴァ！」

エヴァに助けを求めた。

水間ワープで戻ってこられるまではよかったけど、戻った先は雨雲の上、立てない場所だ。

だから慌ててエヴァに助けを求めた。

エヴァは急降下して、背中で俺をキャッチして、またもとの高さに戻った。

「ふう、ありがとう、エヴァ」

『造作《ぞうさ》もないことだ』

「ちょっと焦っちゃった……多分合ってると思うから」

『ふむ。父マテオはそれをどうするのか？』

「こうするんだ」

俺はそう言い、エヴァの「玉」を両手で包み込むように持った。

そして、力を込める。

エヴァの玉に力を込める。

めちゃくちゃに魔力を込めると——玉は「溶けた」。

溶けて、見えなくなった。

俺はさらに魔力を注いで、「ゼロ」の状態にした。

「ああ……よかった、合ってた」

『どういうことだ、父マテオよ』

「うん、あのね」

俺は微笑《ほほえ》みながら、答えた。

「あれってたぶん、『魔力をオーバードライブした』ものなんだよ」

魔力ゼロの状態で空を見上げながら、俺がたどりついた答えをエヴァに説明した。

92 精霊の失敗

屋敷の中、外が嵐になっている中、俺はオノドリムと向き合っていた。

リビングの中、テーブルを挟んで、ソファーに座った状態で向き合っていた。

テーブルには紅茶とケーキ、そして様々なスイーツ類が出されている。

俺は食べる気はしないが、オノドリムはこういうのをお供えすると機嫌がよくなるから、メイドさんに出してもらった。

そんな状態で、俺は空の上で見てきたこと、たどりついたことをオノドリムに話した。

「魔力をオーバードライブ……そんなことができたんだ」

「うん、分かるよ。僕も自分の推察だけど、最初は信じられなかったしね」

俺はそう言い、微苦笑をオノドリムに向けた。

「でもそんな感じなんだ――ほら」

そして、手をかざした。

両手を上向きにして、オノドリムに向かって差し出すような形にした。

そして左手から煙のような魔力を放出しつつ、右手でそれを掴《つか》むようなイメージで添えて、さらに魔力を込めた。

すると、煙のような魔力が溶けるように消えてなくなった。

「こんな感じなんだ」

「おー、なんかすっごい面白いね、これ。はじめて見たけど……あっ、戻った」

オーバードライブで「溶かした」魔力は、オーバードライブに使った魔力をぎりぎりにしたから、すぐにまた見えるようになった。

湯を沸かした水分を飛ばしたけど、部屋のなかが寒いので窓にすぐに水がついた、そんなイメージの光景になった。

「これを夜の太陽に向かって飛ばしてみたいんだ」

「それはいいんだけど、足りるの、こんなんで？　全然少ないじゃん」

「うん、だからオノドリムに相談に来たんだ」

「ふえ？」

「オノドリムが扱える大地の魔力を貸してほしいんだ」

「……おおっ」

一瞬きょとんとした後、オノドリムはポンと手を叩いて、得心顔になった。

「なるほど、そういうことなんだね」

「うん、僕の魔力じゃ間違いなく足りない。神ボディの魔力でもたぶんまだ足りないと思うんだ。何しろ相手は太陽だからね」

「そかそか。うん、いいよ」

「本当に⁉」

「他ならぬ君の頼みだからね。あたし、なんでもしちゃう」

オノドリムは満面の笑みを浮かべながら、ウインクを飛ばしてきた。

「ありがとう」

「あれ？　でもさあ、前にも契約してたじゃん。あれで君は大地の魔力を使えるようになってるよね」

「それはそうなんだけど」

俺は微苦笑した。

オノドリムと知り合ってすぐに、彼女と契約をした。

大地の精霊との契約で、俺は大地の魔力を使えるようになった。

「でも、今までは使っても『僕が持ってる分と同じ量』なわけじゃない」

「あー……そっか、普通に使ってそうだもんね」

「そう、でも今回はすごく使うから」

俺が言うと、オノドリムは頷《うなず》き、また納得した。

人間には黒の魔力しかない。

しかし魔法を使うには白と黒の魔力が要るから、人間が魔法を使う時っていうのは、ものすごく雑に言って半分の魔力を白の魔力に変換してから、それを混ぜて魔法を使う。

魔力の変換は個人個人の技術と素質も絡んでるけど、「理論上」魔力の半分ほどの魔法しか使えない。

それを俺はオノドリムと契約をした。契約をして、大地の魔力を代わりに使えるようにしてもらった。

俺が人間として本来持っている黒の魔力にあわせて、同じ分量の白の魔力をもらって、魔法を使う。

それはつまり、俺がどう使っても「人間一人分」の魔力しか使わないという契約内容だ。

大地が持つ力からすれば、人間一人分の魔力なんてたかが知れてるから、俺は今までなんの遠慮《えんりょ》もなく使わせてもらっていた。

けど、今回は違う。

人間一人分じゃ到底すまない。

だからオノドリムに許可をもらいに来たのだ。

「君、律儀《りちぎ》だね」

「そんなことはないよ。力を貸してもらってるんだから、当たり前のことだよ」

「ふふ、そんな律儀な君に力を貸したげる。いくらでも使っていいようにしてあげるよ」

「本当に！　ありがとう。早速だけど、今からでもいいかな」

「今から？　あたしはいいけど、ずいぶんと急なんだね」

「思うところがあってさ」

俺は窓の向こうにある空に目を向けた。

「今やらないと、丸一日先延ばししちゃうんだ」

「ふーん、よく分かんないけど、いいよ」

「ありがとう」

俺はすっくと立ち上がった、オノドリムも同じように立ち上がった。

「えっと、何をしたらいいのかな。前回はほっぺにキスをしたけど」

「うーん」

オノドリムは頬《ほお》に指を当てて、斜め上に視線を向ける思案顔をした。

「そうだねえ、今回も――ちゅっ」

そしてほとんど迷うことなく、身を屈みながら俺の頬に手を添えて、ちゅっと頬にキスをしてきた。

「あっ……」

俺は頬に手を当てた。

前回とほぼ同じ形だった。

「これでいいの？」

「うん、追加でってことで。これで一晩中いくら使ってもいいようにしたげた。使い放題だよ」

オノドリムは満面の笑みを浮かべながら言った。

使い放題という言葉にちょっと苦笑いした。

「でも、これでいいんだね」

「結局キスだからね」

「まあそっか」

「一晩だけだったからほっぺにしたよ。何日も、っていうんだったら唇にしなきゃだったけど」

あっけらかんと、当たり前のように言い放ったオノドリム。

そういうものなのか、と妙に納得する俺。

だれが始めたのか、本当にそれしかなかったのか。

こういった「契約」ので、形式的にやることはほとんどがキスかセックスかだ。

過去のエピソードとしても、実際に行うノウハウとしても。

ほとんどの本にはそう書かれていたことを俺は思いだした。

そのキスにも場所によって違いが出るのか、とちょっと知識欲が首をもたげたが。

「おっといけない」

「どうしたの？」

「ううん、早く行かなきゃって思って」

「どしたの、顔、赤いよ。もしかして精霊との契約のやり方を知らなかった？」

オノドリムが本当になんとも思っていないように、あっけらかんとしていたので、俺も急速に落ち着いていった。

「ううん、そんなことはないよ。ただいきなりだったからそれで驚いただけ」

「そかそか、じゃあいっといで」

オノドリムはニコッと笑いながら手を振った。

「ありがとう！　いってくる」

「うん、いってらっしゃーい」

オノドリムが手を振って送り出してくれたので、俺はテーブルの上に置かれているティーカップ、紅茶の中に飛び込んで水間ワープで移動した。

☆

「失敗しちゃったな」

マテオがいなくなったあと、部屋のなかで一人っきりになったオノドリムはパチーンと指を鳴らした。

「せっかくのチャンスだし、関係なく唇にちゅーしとけばよかったなあ」

オノドリムは明るいまま残念がった。

彼女はマテオが問題を解決すると信じて疑わないでいる。

だからこそ、人間の領主が全員戦々恐々《せんせんきょうきょう》としているこんな状況下であっても、マテオにキスしそびれた、ということで残念がる余裕があるのだった。

93 日没

俺は、誰もいない山頂にやってきた。

今、地上では嵐が吹き荒れている。

が、その嵐は神ボディで起こした、人工——いや神工的な嵐だ。

嵐は来るが、被害は最小限に。

そう思って嵐の進行ルートを決めていた俺は、一番風が弱く、ほとんど無風状態になっているところにやってきた。

何かの状況で無風地帯が必要になるかもしれない。そう思ってコントロールしたのが功を奏した。

しかし、人が住まない山頂はその嵐の雲の上。

この山頂は、大地でありながら、雲の上という場所だった。

そこから、地平に沈まない太陽を見つめる。

今はとっくに日没の後で、皆が明日のために身を休めているべき時間。

なのにもかかわらず、太陽は文字通り沈まず、夕暮れのような薄暗い状態のままでそこにいる。

「……みんなには言わなかったけど」

そうつぶやく俺の口調は、つぶやいた瞬間、自分でもその深刻さにびっくりするものだった。

今のこの状況は、昼の太陽が夜の太陽を「助けている」からなのが、ほぼ間違いないと俺は思っている。

様々な状況から判断して、それで間違いないはずだ。

そうなると、問題が――いや、問題はまだ発生していないが、可能性が一つ生まれる。

それは……昼が減っていって、最終的に夜になる。

今とはまったく逆の状態になることだ。

今回のことで昼の太陽と夜の太陽が互いに影響し合って、日照時間が延びたのはもう片方が影響していることが分かった。

何事もそうだけど、表があれば裏もある、片面的な状況だけというのはなかなかないものだ。

つまり、状況が逆転すれば、一日中日が昇らない夜になるという状況も想像できる。

そうなるとは限らない、証拠もない。

だけど可能性でいえば間違いなく存在する。

それは、今よりも遥《はる》かにまずい状況だ。

一日中日が落ちないのと、一日中日が昇らないのと、どっちがよりまずいかはあえて言うまでもないことだ。

その可能性が生まれてしまった、見えてしまった以上。

「この状況を全力で解決しなきゃ」

決意も込めて、つぶやいた。

これも可能性の話でしかないけど、一瞬で状況が反転して、真逆になる可能性もある。

そうなる前に、比較的影響が少ないこの状況で解決して、ノウハウを積むことが大事だ。

失敗はまだ許される、だけど「成功しない」ことは許されない。

俺は空の上で、深呼吸した。

そして、かっ！　と目を開く。

オノドリムとの契約を通じて、大地の力を感じた。

今までは「人間一人分」の力を借りていたけど、今回はそうじゃない。

借りられるだけ借りる、そういう感じでやらなきゃいけなかった。

目を閉じ、意識を足元に向けた。

すると、今までとは違う、雄渾《ゆうこん》な、まるで無尽蔵《むじんぞう》のような力を感じた。

「……借りるよ、オノドリム」

象徴的につぶやいて、大地から力を引き出す。
まずは俺自身の魔力を放出して、それより遥かに大きな大地の力で包み込む。
オーバードライブ。
過剰《かじょう》な魔力にとって物質が本来の形を保てずに溶けてしまう現象をいう。
つまり溶かすには大きな力が必要で、大きな力は大地の力の方だ。
俺の魔力を大地の力で溶かす。
「むぅ……」
微《かす》かに眉《まゆ》をひそめ、うめき声を漏《も》らした。
魔力をオーバードライブして溶かす。
それ自体はできたが、かなり体に負担がかかったのを体感した。
慣れない農作業――力作業をした直後に、すぐに手に力が入らない感覚と似ている。
筋肉痛ではない、その場で出る体へのダメージ。
それと同質のものが俺を襲った。
「……これくらい想定内」
俺は、ぎりっと奥歯を食いしばった。
「さてこれを――むっ」
どうするか、と考えようとした瞬間だった。

オーバードライブで溶かした魔力が、独りでに空に浮かんでいった。

いや、吸い込まれていった。

空の一点へと吸い込まれていった。

それは、夜の太陽がある方角だった。まじまじと観察していたから、見えなくてもはっきりと分かる、夜の太陽がある方角。

そこに、届けるのでなく、吸い込まれていった。

まるで――。

「乾いたスポンジに水、だね」

俺は微苦笑した、同時に確信を持てた。

これは正しいんだと。

俺がオーバードライブで溶かした魔力と、昼の太陽から夜の太陽へ流れている力が同じものだと。

この現象ではっきり確信した。

ならば、後はやるだけ。

俺は足元を再度意識し、山頂の地面から大地の魔力を引き出す。

俺の体を通して出る力を二つに分けて、片方は大きく、片方は小さく。

小さめのものを大きい方で包み込んで、溶かした。

オーバードライブで溶かした力は、空に消えていく煙のように、夜の太陽へ吸い込まれていった。

やっていくと、すぐに額から脂汗《あぶらあせ》がにじみでた。

全身にとんでもない疲労感を覚えた。

それでも俺は続けた。

夜の太陽に力を供給し続けた。

それを延々と繰り返す。

次第に、体がちぎれそうになるほどの苦痛に苛《さいな》まれた。

気が遠くなりそうだ。

無心に魔力のオーバードライブを続けたせいで、思考がぼんやりと靄《もや》がかかったようになった。

これをいつまでつづけるのか。

いや、そもそも本当にこれで合っているのか。

もしかして大地の、オノドリムの力を間違ったやり方で浪費してるだけなんじゃないのか。

そう、思いはじめたその時。

「――っ！」

ハッとした。

まなじりが裂けるほど、目を見開かせた。

目の前の光景はそれほどのものだった。

「太陽が……沈むっ」

数日ぶりの日没に、俺は。

強い疲労感と、それに負けないくらいの大きな達成感を覚えたのだった。

94 神のリニューアル

「……よし」

完全なる地上。

山頂ではなく平地、完全なる地上から空を見上げた俺は、ホッと一息つきながら、同時に軽く握り拳を作った。

ガッツポーズとまではいかないけど、やったことが成功したことの達成感が自然とその仕草に出た。

見上げた夜空は晴れ渡っていた。

数日ぶりの、嵐による隠蔽《いんぺい》が必要ない、文句のつけようがない「普通の」夜空だった。

昼の太陽が沈み、普通に夜が訪れたため、俺は嵐を消して空を晴れさせた。

一時は最悪の可能性も想像してたから、こうして普通の夜空がまた見られることで俺は本当にホッとした。

とりあえず今夜はここまで、と。

俺は地面の適当な水溜まりを使って、水間ワープで屋敷に戻った。

戻った先はオノドリムと別れたリビング。

そこにはオノドリムだけじゃなく、ヘカテーの姿もあった。

「ヘカテー？　いつ来たの？」

「神の成功を確認いたしましたので」

「僕の？　え？　それにしては早くない？」

俺はちょっと驚いた。

俺の成功を確認したということは、夜空を見たということだ。

嵐を消してからさほど時間がたっていない、それですぐに駆けつけたにしては早すぎる。

「信徒に空を監視させておりました」

「空を？」

「はい。神が嵐で目くらましをなさった時から、信頼の置ける者を高い山の頂上に張りつかせておりました」

「あ、なるほど」

俺は頷《うなず》き、納得した。

嵐を消したタイミングからじゃなくて、昼の太陽が落ちた――日没したタイミングからならそんなに驚くほどのことじゃない。

距離が離れていようとも、簡単な情報を伝達するだけならいくらでも方法はある。

それがルイザン教という世界最大宗教のトップで、状況が世界の危機となれば、コスト度外視でさらにどうとでもできる。

それで知らせを受けてから駆けつけるとなれば納得できる。

ヘカテーは窓の外をちらっと見て、言った。

「再び夜空を取り戻していただいたこと。神がこの時代に降臨なさっていることは地上に住まう万民の至福にございます」

「ありがとう、ヘカテー。でも、実は完全に解決したわけじゃないんだ」

「あれ、そうなの？　何がダメだったの？」

同席していて、興奮気味のヘカテーと違って様子見な感じだったオノドリムだったが、俺の言葉で驚いて、それを聞いてきた。

「うんとね――」

俺は頭の中で一度状況を整理しつつ、二人に説明した。

二人が知ってることもあるし、知らないこともある。

それぞれが持つ現状の情報が断片的なものだろうということもあって、一から十まで全て説明した。

夜の太陽が、夜の時間帯になるにつれ小さくなっていくこと。

そこに昼の太陽から力が流れていて、それで小さくなるのが止まって、徐々に元のサイズに戻っていくこと。

それが流れている間、昼の太陽は沈まないこと。

そしてその力は魔力をオーバードライブしたものであること。

だから俺はオノドリムから力を借りて、昼の太陽のかわりに夜の太陽に力を送ったこと。

それらを全て説明した。

「つまり、一時凌《いちじしの》ぎにしかなってないんだ」

「……そう、でございましたか」

「え、どういうこと？　いいじゃんそれで助かったんでしょ？」

ヘカテーは重々しく頷く一方で、オノドリムはきょとんとしていた。

それを受けて、ヘカテーはオノドリムに説明した。

「夜の太陽を救ったことはさすが神、まさしく奇跡、神の御業に相応《ふさわ》しいものではございますが」

説明の前にどうしても俺を、神を褒《ほ》め称《たた》えるくだりでちょっと苦笑いした。

「しかしながらそれは対症療法に過ぎないのです」

「たいしょーりょーほー？」

「根本的な解決にはなっていないということです。確かに神が力を与えて日没に導きはいたしましたが——ああっ」

「な、何⁉」

いきなり身震いするヘカテーに驚くオノドリム。

「……失礼。日没に導くという、人を超越した偉業に身震いが止まりませんでした」

「いちいち感極まってないで、あたしに説明してからにしてよ」

「はい。簡潔に申し上げますと、原因自体は取り除いておりませんので、明日になればまた同じことが起きる、ということでございます」

「原因……あ、そっか。風邪《かぜ》引いてるのに薬飲まないでおでこに水タオルだけのせてる状況だね」

「うん、そういう状況」

風邪なら時間が経てばそれで治る——とは言わなかった。

物事が正しいかどうかは、今のこの状況ではそんなに重要なことじゃなかった。

今ここで重要なのは、オノドリムの理解がほとんど合っているということだ。

「うーん、ということは……」

オノドリムは頰《ほお》に指を当てての思案顔をしたあと。

「そか、明日になったらまた君が同じことをしなきゃいけないんだ」

「そういうことだね。そして、最悪の場合、これがもし一時凌ぎにしかなってないのなら……」

「な、なら？」

俺の深刻そうな表情に気圧《けお》されたのか、オノドリムはゴクリ、と生唾《なまつば》を飲んだ。

「状況が悪化し続けてて、いつかこの方法でもどうにもならなくなるかもしれない、ってことだよ」

「あー……そっか、そういう可能性もあるんだ」

頷くオノドリム。

俺も合わせるように頷いた。

伝えたいことは正しく伝わって、オノドリムがちゃんと理解してくれた。

「……ですが」

「うん？　どうしたのヘカテー」

俺がオノドリムに説明している間、ずっと黙っていたヘカテーが口を開いた。

そっちを見た俺が一瞬ぎょっとするような、熱っぽい眼差《まなざ》しを俺に向けてきた。

「神は、この地上に住まう者全てに安穏《あんのん》を取り戻して下さった。たとえその場凌ぎにしかならなくとも、神がなさったことは、全ての人間に安心を与えて下さったことでございます」

「えっとそれは……」

「うん、あたしもそう思う」

オノドリムが大きく頷き、彼女一流の豊かな感情表現でヘカテーの意見に同調した。

「自分じゃどうしようもないことで絶望を感じ続けるのってつらいもんだよ」

「……あっ」

やけに実感がこもってる口調でどういうことだろう、と思ったがすぐにハッとした。

オノドリムはちょっと前まで、人間との契約に縛《しば》られながらも、その人間に忘れ去られるという、「自分じゃどうしようもない」状況だった。

そりゃ……実感もこもるよなと納得した。

「君はすごいことをしたんだよ」

「そっか」

「……くっ」

「あれ？　今度はどうしたのへカテー、なんかすごく悔《くや》しそうだけど」

「神が起こした奇跡、万民に与えた恵み。これを信徒たちに広めることができないなんて」

「……ああ、そっか」

少し考えて、これまたすぐに分かった。

今回のこと、民衆がパニックを起こさないように、日照時間が延びたこと自体ひた隠しにしてきた。

起こったことを隠しているってことはつまり、それを解決したこともいえないわけだ。

「大丈夫だよ、感謝されたくてやったわけじゃないいんだし」

「ですが……」

「あっ、じゃあこういうのはどう？」

「オノドリム？」

「大昔、またあんたたちの教会が影も形もなかった頃なんだけどね」

オノドリムがいう大昔――改めて、彼女が人間を遥《はる》かに超越したところにいる、大地の精霊なんだなと実感させられた。

「その頃って技術力とかもあんまなかったから、信仰する対象の像とか頻繁《ひんぱん》に作り直してたんだよね。そういうのを生業《なりわい》にする人も多いから、壊れてないのもわざと壊して作りなおすことで食べていくための仕事増やしてたのね」

「へえ……でもそっか、銅像とか石像とか、そういうのが作れない時代だとそうなるんだね」

「うん。つまりさ」

オノドリムはヘカテーの方を向いて、にやりと笑った。

「神像っていうの？　作り直しちゃいなよ」

「――っ！」

ヘカテーはハッとした。

まなじりが裂けるんじゃないかってくらい、目をものすごい勢いで見開かせた。

「ヘカテー？」

「そうだった……神を模した像、その姿は今まで全て想像でしかなかった」

「だよねー」

「感謝いたします精霊様！　神よ」

「え？　あ、うん。何？」

「席を立つことをお許し下さい」

「うん、いいけど……何をって、あ！」

ヘカテーは俺からの許可が出たのを見るや、一目散に部屋から飛び出していった。

「一体どういうこと？」

「簡単な話だよ」

オノドリムはにやりと笑った。

「あの子、今ある神像を全部壊して、君の姿にしたものに作り替えるために行ったんだよ」

「えええええ!?」

めちゃくちゃスケールのでかい話に驚いたが。

「……ヘカテー」

彼女はやる、大喜びでやる。

俺はそう確信して、自分の見た目の像がこれからあっちこっちの教会にできることに、めちゃくちゃ恥ずかしいと思ったのだった。

95 皇帝の照れ隠し

「……」

夜、宮殿の「深い」場所にある一室。

俺はテーブルを挟んで、一人の美女と向き合ってソファーに座っていた。

俺の目の前で、女の姿――つまり本来の姿になったイシュタルが分かりやすく絶句していた。

目を見開き、口もぽかーんと開け放って、そんな「信じられない」って顔で固まっている。

後宮の妃《きさき》だか皇后《こうごう》だかが住んでいるような豪奢《ごうしゃ》な部屋の中に似つかわしくない、めちゃくちゃ間抜けな表情だった。

一方で、そんな表情でも彼女は綺麗《きれい》だなって思った。

イシュタル――本来は歴史上もっとも美しい女の名前。

俺は彼女に最初に出会った時、皇帝の男装をしていたのにもかかわらず「美しい」と思った。

だから彼女を使徒《しと》にする時に「イシュタル」の名前をつけた。

そんな彼女が、美しくも間抜けな顔で固まっていた。

しばらくして、彼女は一言。

「信じられない」

と搾《しぼ》り出した。

「分かるよ、僕もイシュタルのように他人からこんな話を聞いたら信じられなかったと思うよ。太陽の代わりにもうひとつの太陽を助けて、夜を取り戻したなんて」

俺は肩をすくめて、笑いながら言った。

「自分でも言ってて、なんじゃそりゃって感じだもん」

「でも……すごい。だって実際に今、夜になってる」

イシュタルはそう言い、窓の外を見た。

王侯貴族か大商人くらいにしか使えない、透明度の高い窓ガラスの向こうには夜が、なんの変哲もない夜の景色が広がっていた。

そのなんの変哲もないが、ここしばらくの騒動から考えてものすごいことなんだと俺も思う。

「念の為にこれは中間報告っていうか、状況報告だから」

「どういうことなの？」

「完全に解決してはいないんだ」

「……そうね、そうだわね」

少し考えて、相づちを打つイシュタル。

口調が完全に女口調で、前はこの姿でも男口調、皇帝口調だったから、かなりすごい変化だと密かに思いながら、続ける。

「それでね、イシュタルの立場だと状況をちゃんと把握《はあく》しなきゃダメだろうって思ってね」

「私の……ため？」

「うん。あっ、もしかして迷惑だったとか？」

「う、ううん！」

イシュタルは目をパッと見開き、慌てた様子で首を振った。

「助かる！　すごく助かる！」

「そう？」

「ええ！　……本当に助かるのだ」

イシュタルは途中で言った言葉を切って、深呼吸して、ソファーの背もたれに背中を預けて。

空気を、口調とともに一変させながら、言った。

「天文官どもがまったく当てにならない今、マテオからのその情報は本当に助かっている。知っているか？　マテオ」

「何を？」

俺はきょとん、と首をかしげつつ聞き返した。

この聞き方じゃ何を聞いてるのかも分からないから、「何を？」以外の返し方はなかった。

「何人かの大臣がな、状況は全て解決した──」

「うわぁ……」

俺はげんなりした。

そんな楽観的な話が宮廷内で出てたのか、と心底げんなりした。

が、話には続きがあった。

「──そうなったのは皇帝のおかげ、つまり余《よ》の威光が天まで届いて、いや？　威光に天が感動した、だったかな？」

イシュタルは首をひねりながら、思案顔で言い直した。

詳しく覚えてないのは分かる。俺でもそんな話を聞いたら馬鹿らしくて覚えてらんないと思っただろう。

「ともかく、だ。それで万事うまく収まった──と言われたと言うのだよ」

「……うへえ」

さっきよりもさらにげんなりした。

途中まででもげんなりしたけど、最後まで聞くともうどうしようもないくらいげんなりした。

「ふっ、よくある話ではあるが、まさか余がそれを体験することになろうとはな」

「よくある話？　ああ、そういうごますりのことだね」

「そうだ」

「歴史書にたくさん書かれてたもんね。天候が良いから豊作になったのに、その天候が良かったのは皇帝のおかげとか」

「そう、そうだよ。枚挙《まいきょ》に遑《いとま》がないほど歴史書に書かれているものだが、まさか余にそれをやってくるとはな」

「ゴマをするのも大変だね、普通にしてたらそんな発想は出てこないよ」

「どうだろうな」

イシュタルは呆《あき》れ混じりに笑って、肩をすくめた。

「世の中にはそういうことを考えるのがうまい者もいる。日夜それだけを考えていればパッと出る気もする」

「そうなんだ……で、そういう人が大臣で大丈夫なの？」

「水が清すぎても魚は棲めぬ」

「その言葉はご本で見たことがあるけど、本当にそうなのかな」

「そうだな、分かりやすいところでいえば……」

イシュタルは少し考えて、真顔で続けた。

「もし有能で生真面目《きまじめ》な者がいるのなら、多少無能を混ぜてやった方が『自分が頑張らねば』と気を引き締めてくれるものだ」

「おー……」

その発想はなかった。

なかった、けど。

イシュタルの言いたいことは分かる。

たぶんあれと同じだ、「この人は私がいなきゃだめなんだわ」とよく似た状態をわざと作り出してんだろう。

なんというか、さすがだ、と思ってしまった。

「話がそれたな。ともかく、マテオがもたらした情報は非常に助かる。礼を言おう」

「ううん、僕もできる限り、早く完全に解決――」

「そうだ！　これは褒美《ほうび》を与えねば！」

「――するように、って、ええ⁉」

俺はめちゃくちゃ驚いた。

なんでいきなりそんな話になるのか分からなかった。

「ど、どうして？　まだ解決してないんだよ」

「うむ、それは分かっている」

「だったら――」

「大きな戦《いくさ》のまっただ中であっても、それまでの働きに応じて恩賞を与え、士気を上げるのは大事なことなのだ」

「あっ……うん、それは……そうだね」

イシュタルはさすがだった。

短い、簡単なたとえ話だったけど、それだけでめちゃくちゃ納得させられた。

「であろう？　だからマテオには何か恩賞を与えねばならんのだ」

「でも！　あの、僕が今回のことをやったのは内緒にしてほしいな。さすがにちょっと」

「むろん、それを公言するつもりはない」

「え？　でもそれじゃ恩賞を与える理由はないんじゃないの？」

「マテオは少し勘違いしている」

イシュタルはそう言って、ふっ、と笑った。

それは、何度も見たことのある笑みだった。

「帝国の全ては皇帝の一存で決めてよい、そして皇帝とは余のことである」

「そ、そっか」

俺は微苦笑した。

この言い回しを持ち出したら、もう何を言っても無駄だなと思った。

イシュタルはこの言い回しを好んでいて、何回も彼女の口から聞いたことがある。

その割には自分の性別と自分を縛《しば》り付けていた鎖のことを、一存でどうにかしないのはどうしてなんだろう、とちょっと思った。

「さて、どうしたものか。余に娘……いや適齢の妹でもいればよかったのだがな」

「妹がいたらどうしてたの？」

「むろん、マテオに降嫁《こうか》させているところだ」

「えええええ⁉」

つまり俺の嫁にするってことか？

「何を驚くことがある。それが皇室からの最高の恩賞であろうが」

「あっ……そうだった……」

イシュタルにそう言われて、俺は本で読んだ知識を思い出した。

王侯貴族にとって、もっとも関係性を強く結びつけるのは政略結婚なんだって、読んだことがある。

それは、ルイザン教の教義にもあるが、結婚というのは神の恩恵だとされているからだ。

だからルイザン教の信徒は本来離婚はしてはいけないけど、庶民《しよみん》ではそれほどきっちり守られていない。

代わりに、権威付けとして利用したい王侯貴族はそれを強く守っている。

つまり、一度結婚してしまえば、両家の関係性はこの上なく強化され、強く強く結ばれるということだ。

その片一方が皇室なら、確かにイシュタルの言うとおり最高の恩賞だろう。

「あれ？」

「どうしたマテオ」

「それは分かったけど……どうして娘じゃだめなの？」

俺は不思議がって、イシュタルを見た。

この話、皇室がやる分には姉妹よりも娘の方がいい。

というのも、姉妹なら「姉」――つまり「義理の兄」となる可能性がある。

それが「娘」なら「義理の息子」にしかならない。

皇室を尊《とうと》ぶ観点からしたら、むしろ「妹……いや娘でもいれば」の方が合っていると思った。

だからそれを聞いた。

すると、イシュタルはちょっと眉《まゆ》をひそめて、なぜか顔を背けてしまい。

「母になっちゃったら出番がなくなるじゃない……」

「え？　母がなんだって？」

なんかつぶやき、顔を赤くしたが、それがものすごく小声だったから、最後の方はかすれてよく聞こえなかった。

「な、なんでもない。そ、そう！　娘より妹の方がより恩賞の重さがあるというだけだ」

「あ、うん。それはそうだけど」

俺は小さく頷《うなず》いた。

確かにそれはその通りだ、その通りだけど……。

なんかちょっと引っかかりを覚えて、イシュタルを見つめる。

本当に言いたかったのはなんだろうか、と探るような視線を向けた。

「よ、よし、決めたぞ」

「え？」

「表に出せぬ事績《じせき》ならありきたりに金を使うしかない。ただの金銭なら好きな時に好きに与えても何も不思議はない。よし、ならば金貨五万――いや十万枚だ」

「えええええ⁉」

「き、決めたのだ。そもそも夜を取り戻したのだ、表に出せないだけでそれに値する功績なのは間違いない！」

「でも――」

「決めたのだ！」

イシュタルは強い語気で押し切った。

うーん、なんだろう。

イシュタルの言うことは間違ってない。

表に出せないから褒美にはお金を使うしかない、そして日照時間を戻したのなら「領主」にとってはかなり大きなこと。

それは間違ってないんだけど。

「よし！　ならばすぐに運ばせよう。十万なら内幣でどうにかなるだろう、うん！」

立ち上がって、真っ赤な顔でそうまくし立てるイシュタル。

なんか、恥ずかしさをごまかす行動にも見えるんだけど。

「まさかね」

恥ずかしさをごまかすために金貨十万枚はないだろうな、と俺は芽生《めば》えかけた馬鹿げた考えを頭から追いだしたのだった。

96 太陽の恩返し

次の日の昼、俺が庭で空を見上げていると、オノドリムがやってきて、話しかけてきた。

「ねえ、何してるの？」

「空を見てるんだ」

「それは分かるけど、ずっと見てる意味なんてあるの？　夕方の時だけ見てればいいじゃん？」

「僕も最初はそう思ってたけど」

空にある二つの太陽——魔力の切り替えで交互に観察している二つの太陽から視線をオノドリムに向けて、答えた。

「でも、昼間の様子もちゃんと見た方がいいかなって思ったんだ」

「それはなんでなの？」

「オノドリムも知ってる、ダガーさんのことを思い出したんだ」

「あの医者の人？」

オノドリムは不思議そうに首をかしげ、俺ははっきりと頷いた。

「うん。ダガーさん、睡眠の研究をしてたじゃない？」

「してたね」

「あの人が言うには、普段の睡眠が健康に影響を及ぼしているらしいんだ。寿命《じゅみょう》とかって、普段の生活が巡り巡って寿命の長さに返ってくるんだって」

「そっか、それで昼間の空も見上げてるんだ」

「うん、昼間にも何か原因があるんじゃないか、ってね」

「そっか。すごいね君、まったく関係ないところからそういう発想を持ってこられるなんて」

「あはは」

「で、何か分かったの？」

「うん……そうだね」

俺は少し眉をひそめて、再び空を見上げた。

「なんか、昼の太陽も元気がなさそうに見えてしまうんだ」

「そうなの!?」

オノドリムは驚き、俺と同じように空を見上げた。

「気のせいかも知れないけど、そう見えちゃうんだ」

「もうひとつの方は？」

「そっちはいつも通り……と言っていいのかな。悪くなってはないみたいなんだけど」

「そっかー」

オノドリムはそう言い、空をじっと見つめた。

昼の太陽じゃなくて、「一見して何もない」ところを見つめているから。

「オノドリムも夜の太陽を見てるの？」

「うん、君が見つけたあの方法でね」

「オノドリムもできるんだ……精霊だもんね」

「まね」

オノドリムはにこりと微笑《ほほえ》んだ。

夜の太陽を見えるようにするには、体内の魔力を全て白の魔力にしなければならない。

そのための魔力の変換はさほどむずかしいことじゃない、人間の魔法使いも普通にやっていることで、ましてや大地の精霊たるオノドリムだ。

そして自分が持つ魔力とは全くの正反対に全て変えてしまうのは体に毒だが、それも大地の精霊にはあまり関係ないことのようだ。

そんな風に、オノドリムは夜の太陽を見つめているようだ。

何かそれで分かったのかな、と俺が彼女の感想が気になっている。

しばらくの間、俺はオノドリムと肩を並べるようにして、空を見上げた。

急《せ》かさずにいつまでも待とう、そう思って俺も空を見上げた。

待つこと一時間、オノドリムが普段の彼女らしからぬ、神妙な顔と口調で口をひらいた。

「……なんか」

「え？」

「なんか、懐かしい気がする」

「懐かしい？」

「うん……あ、懐かしいっていい方もちょっと違うかな。えっと……」

オノドリムは視線を空から地面に。

腕組みした、思案顔で斜め下に視線を向けながら、うんうんうなった。

本人の中で何かはっきりと感じているが、うまく言葉にできないという典型的な振る舞いになった。

オノドリムがそこまで「確信」しているのはなんだろう、と、それがものすごく気になった。

「えっとね、無理に説明しようとしなくてもいいよ。思ったことを頭で整理とかしなくてもいいから、とにかく聞かせてくれる？」

「それなら、あたしっぽいなって思ったの」

「オノドリムっぽい？」

「うん。君のところに来るちょっと前のあたし」

「僕のところに来るちょっと前……帝国の契約が果たされてなかった頃のこと？」

「そうそれ！」

オノドリムはびしっ！　と俺を指さした。

その直後に、またハッとした。

「そうそう、あの時のあたしだ。えっとね、だれからも忘れられてしまって、それがすっごくつらいって感じてる時のあたしだ」

「だれからも忘れられてる……」

俺は小さくうなずいた。

確かにオノドリムはそうだった。

かつて、帝国のエラい人と契約して、帝国の守護精霊となる代わりに祈りを捧げてもらうはずだったが、時代がくだって契約を帝国側、人間側が完全に忘れてしまったせいで、彼女はその存在さえも忘れ去られてしまうような状態になっていた。

「えっと、つまり。夜の太陽もオノドリムと同じ状況だから、弱ってるってこと？」

「なんかそれっぽいんだよね」

「……うん、それは、あるかも知れない」

「そうなの？」

オノドリムは驚いた顔を向けてきた。

「うん。太陽って、感謝されてるから」

「感謝？」

「農作物ってさ、大地の恵みと、お日様の恵みだと思われてるじゃない？」

「あっ、なんかそれ聞いたことある」

「うん」

俺は小さく頷《うなず》き、考える。

がちっとした形、宗教って形にならなくても、太陽そのものを信仰することは各地で普通に行われている。

なんかの本で読んだけど、宗教には無頓着《むとんちゃく》な農家のものが、「強《し》いていえば」で「お天道様《てんとさま》は見てる教」という言い回しをしてたのを思い出す。

それくらい太陽は人々に見られ、意識され、感謝されている。

それとは正反対なくらいに、調べてもほとんど出てこないくらい、夜の太陽は人々の意識にない状態。

もしかしたら大昔、文字とかなくて書物に記録が残らない時代には知られてたかもしれない、とちょっとだけ思った。

「なるほど、夜の太陽はそもそも知られてないから、オノドリムのあの時と同じ状態。うん、それはそれでなんか分かる……けど」

「けど？」

「なんで今更なんだろ」

俺は首をひねった。

ヘカテーたちに頼んで調べさせている無数の書物、その知識と情報。

少なくとも過去千年くらいにわたって夜の太陽は人間から忘れ去られたままだ。

千年くらいたったのになんで今、急に？　という疑問が生まれた。

生まれたんだが――。

「ねえ、それでなんとかならないかな？」

「え？」

オノドリムの声の質が変わった。

声には感情が乗るもので、オノドリムの声に込められた感情が変わったのを感じて、驚いて彼女の方を見た。

彼女は深刻そうではないが、何かをねだるような顔をしていた。

「あたしにできることがあったらなんでも協力するから、ねっ！」

「……そうだね」

オノドリムがかなり感情移入しているのが分かった。

人間にとって上位の存在、大地の精霊が人間に頼みごとをして、その上「なんでもする」というのはよほどのことだった。

オノドリムの性格と日常の振る舞いを考えたら、その辺ついつい忘れがちだけど、彼女はそれだけすごい存在だ。

「何かいい方法は——ッッ」

「どうしたの？」

「今、ヘカテーから……」

☆

俺は水間ワープでヘカテーのところに飛んだ。

ヘカテーは自分の部屋の中にいて、一冊の本を手にしたまま俺を待っていた。

「ヘカテー……大丈夫？」

時期外れの祈りで俺を呼んだヘカテーの要件が気になってやってきたが、一目見て彼女の体調が心配になった。

「青い血の使徒《しと》」になった彼女は三百歳から一気に幼い少女の姿に若返った。

その幼い少女に似つかわしくないほど疲労困憊しているように見えた。

「お目汚し大変失礼致しました。すぐにご報告差し上げたかったので」

「それはいいんだけど、本当に大丈夫？　無理しないでね」

「恐悦至極《きょうえつしごく》に存じます」

ヘカテーはそう言って、頭を下げた。

早く話を聞いて、早く休ませてやろうと思った。

「それで、何を見つけたの？」

「おそらくは二つの太陽の名前でございます」

「どこから見つけたの？」

「原初《げんしょ》の神話でございます。この世にまだ何もなかった頃、最初の存在が生まれて、その存在が光と闇を生み出した」

「おお」

なるほど、と俺は頷いた。

神話までさかのぼったのは信憑性《しんぴょうせい》としてはすこし弱いけど、でもそれっぽく聞こえる内容だった。

「光と闇はつねに天秤《てんびん》の如くお互いに引き合いながら、均衡を保つ。一方が強くなればもう一方がそれを引き留めバランスを取り合う」

「……昼夜の長さの話かな」

「さすが神。わたくしもそう判断いたしました」

「それだけ？」

「天秤のどちらかが傾ききってしまうと――光に傾ききってしまうと光の氾濫《はんらん》が起き、闇に傾ききってしまうと闇の氾濫が起きてしまう」

「氾濫が起きたら？」

「何もない『無』にもどって、また新たな原初の存在が生み出され、均衡が取れた光と闇が生み出される――と記されておりました」

「治せないなら一度全部ぶっ壊して作り直すって発想だね」

「さようでございます」

「もっと小さいことならそれでいいんだけど、世界全体でそれをされるのは困るよね」

俺はそう言い、部屋の外の空を見上げた。

沈まない太陽、訪れない夜。

それがどっちなのか分からないが、天秤がどっちかに傾いているのは、はっきりと分かる。

それをなんとかしないといけないと思った。

オノドリムの顔を思い出しながら、ヘカテーに聞く。

「一つ、お願いできるかな」

「なんなりと」

「オノドリムから聞いた。夜の太陽は自分と同じように忘れ去られているのがつらいんだって」

「なるほど」

ヘカテーは否定はしなかった。

彼女からすれば「神が大地の精霊の言葉を伝達してる」という形だから、否定する理由が一つもない。

「そこで試したいことがあるんだ。ルイザン教でできるだけ、夜の太陽の名前を呼んで、祈りを捧げるってできないかな」

「造作《ぞうさ》もないことでございます」

ヘカテーははっきりと言い放った。

「本当に!?」

「はっ、神のご下知《げち》通りにいたします」

「よかった。じゃあお願い、できればすぐに」

「かしこまりました……その前に一つだけ」

「何？」

「このお話、できれば夜の太陽の名前を呼んだ方が効果的かと存じます」

「うん、そうだよね」

「神話には二つの名前がございます、どっちがどっちなのか……」

「なるほど」

俺は頷いた。

ヘカテーはずっと持っていた、古い書物を俺に差し出した。

書物にはしおりが挟んであって、開いたページにも二カ所小さい紙が挟まれていた。

なるほど、この二つが光と闇の名前か。

どっちかがそうだろう――と思った瞬間だった。

「ニュクス」

頭の中に白い光が突き抜けていった。

「こちらでございます」

「うん。たぶん……ううん、きっと間違いない」

「承知致しました」

ヘカテーはそう言い、本を閉じて俺に一礼して部屋から出ていった。

俺が確信持った表情で言ったのが向こうにも伝わったのか、彼女は何も聞かずに、とにかく実行のためにと動き出した。

そして――。

☆

夜、屋敷の庭。

俺は一人で空を見上げていた。

夜、そう夜。

久しぶりに俺が何もしてなくても訪れた夜。

夕方くらいになってスタンバイしていたけど、太陽は何事もなかったかのように西の地平線の向こうに消えていった。

はっきりと見たというわけではないが、ヘカテーは緊急にしてはめちゃくちゃ大規模に、一万人の信徒を集めて「ニュクス」に祈りをささげた。

タイミング的にそれであっていたんだなと、証拠や根拠はあやふやだけど俺は確信していた。

「ニュクスで合っていたんだな、それにオノドリムの感覚で合ってたんだな」

俺は久しぶりにホッとした。

まだ、しばらくは気が抜けないが、たぶんこれで大丈夫のはずだ。

これでいけるのなら――。

「後はヘカテーが上手《うま》くやってくれるだろう」

むこうは大聖女、信仰をとりまとめるプロだ。

ルイザン教を出発点に「ニュクス」を広めていってくれる。

これで一件落着かな、と思った。

「今日は久しぶりにゆっくり休めそう」

俺はそう言い、振り向いて、屋敷の中に戻ろうとした。

早めにベッドに入って、ゆっくり休もうと思った。

「…………うん？」

思考が止まった。

目の前の光景が信じられずに、自分の目を疑った。

目をゴシゴシと擦った。

もう一度見る、やっぱり自分の目を疑った。

思わず自分のほっぺたをつねるくらい、目の前の光景が信じられなかった。

「痛い」

どうやら夢じゃなかった。

結構強めにつねったから、結構痛かった。

俺は改めて、目の前の光景を見た。

いや、物体を見た。

「……ニュクス？」

なんと目の前に象くらいの大きさの、あの、夜の太陽とそっくりな球体が現れたのだった。

書籍版書き下ろし

人魚の溺愛

それは、マテオが日没のことで奔走《ほんそう》していた頃の、海底で起こったちょっとした出来事である。

☆

「ねえねえお母様、さっきからずっと上を見て……何見てるの？」

人魚姫のサラはそう言いながら、母親である女王のもとに泳いでいった。

海の中、人魚の棲《す》まう海底は、その力で、まるで地上のように明るい。

時折浮かび上がる気泡《きほう》や漂う海草以外、ここが海底だと主張するものはほとんどない。

そんな海底で、人魚の親子は「宙」に浮いたまま、肩を並べていた。

「考えごとをしていたのですよ」

「考えごと？」

「ええ、ここに宮殿、あるいは人間たちでいうところのお屋敷を建てるべきなのかと考えてました」

「建物？」

サラはきょとん、と小首を傾《かし》げた。

母親である女王の口から出てきた言葉は、それだけ彼女には予想外のことだった。

海中に棲まう人魚たちは、人間と違って建物というものに執着はほとんどない。

生き物にとって、建物は元来「身を守る」ためのものである。

人魚たちにとって、「海」がなにより外敵から身を守ってくれる。

従って、人魚たちには建物を建てて棲む必要はないし、今も人魚たちが棲むこの海底にはほとんど「建築物」といえるものはない。

だから、サラは女王の口から「建てる」という言葉が出たことに驚いたのだ。

「急にどうしたのお母様」

「海神様《わたつみ》のために、と思いまして」

「海神様？」

「ええ、海神様のために、神殿かお屋敷を、と」

「うーん、でも……」

サラはまたまた首をかしげて、ナチュラルに可愛《かわい》らしい仕草で思案顔をした。

「海神様も海に来てるときは、そういうのいらなくない？」

「体はもちろんそうでありましょう」

女王はそう言い、真顔で娘の方に視線を向けた。

「ですが、今の海神様は人間に転生なさったばかり。いわば心は人間――地上のものと近しいのです」

「たしかに」

「ですから、海の中で肉体が問題なく過ごせたとしても、気分的にはそうではない、と思ったのです」

「なるほど！」

サラは一度大きくうなずき、納得したように見えたが、すぐに「あれ？」って感じでまた首をかしげた。

「でも、海神様ってあまり来ないから、なくても別に大丈夫じゃん？」

「違うのですよ、サラ」

「ほへ？」

否定されて、間抜け面《づら》をしてしまうサラ。

それとは対照的に、女王はどこまでも真顔だった。

「あまり来ないから必要がない、ではないのです。きっと……そうきっと」

女王ははっきりとした、確信に満ちた顔で力強く頷《うなず》きつつ、宣言するかのように言い放った。

「居心地が悪いから、来てもすぐに帰ってしまうのです」

「あっ……」

「サラだってそうでしょう。地上はもとより、濁《にご》っている川に行ってもすぐに帰りたくなるのではありませんか」

「たしかに‼　そっか……じゃ、建物はいるね」

「ええ、ですが、そこに大きな問題があります」

頷いた女王、今度は憂《うれ》えた顔に変わった。

「問題？」

「私たちでは屋敷どころか、小屋一つ建てることができないでしょう」

「あっ……」

女王の言葉で、サラはハッとした。

今までそうする必要がなかったということは、そのための技術の積み重ねもまたないということだ。

それ以前に、自分たちが建築技術を持っていないことすら頭にないのが、今のサラの反応で分かる。

「じゃあ、人間たちを連れてきて建てさせる？　連れてくるだけならあたしでもできるよ」

「それは無理でしょう。普通の人間ではこの海底では建築はおろか、いるだけでも無理でしょう」

「じゃあダメじゃん」

サラはそう言って、見るからに気落ちした様子でうなだれてしまった。

母親である女王のプランに共感しただけに、落ちこみ具合もひとしおって感じで。

「……私がやります」

「え？　でもお母様、さっき普通の人間はこの海底にいることすらできないって言ってなかった？　どうやって連れてくるの？」

「いいえ、そうではありません」

女王はゆっくりと首を振って、サラの言葉を否定した。

その目には、強い決意の光が灯されていた。

☆

海上。

白い波が止まっているように見えるような、見渡す限り水平線しかない広大な海。

人魚の女王は独りでに、その海上にたゆたっていた。

とどまっているように見えるが、それは海のスケールが大きすぎてそう見えるだけで、時折身の丈よりも高い白い波が襲ってくる。

それでもさすがは人魚、さすがは海の民。

女王はその波にさらわれることなく、その場でじっとたゆたったままでいた。

「……来ましたね」

女王は目を細め、つぶやいた。

日差しを反射し黄金色に煌《きら》めく水平線の向こうに、風を受けて大海を進む帆船《はんせん》の姿が見えた。

女王はそのまま帆船を待った。

やがて、声が届くかどうかという距離まで帆船が近づくと、女王は目を閉じ、静かに歌い出した。

人魚の女王の歌声が広がる。

その歌声は波の音に邪魔されず、むしろ「波に乗って」帆船の方に運ばれていった。

古来より、人魚の歌声には人を虜《とりこ》にする不思議な魔力があるとされてきた。そしてそれは全くの事実であった。

女王の歌声は人魚の中でも抜きん出ていて、その歌声はたちまち、帆船に乗る全ての者を魅了した。

歌声に魅了され、行き足が完全に止まってしまった船に女王は近づいた。

人間からすれば「巨体」とされる女王は、帆船の甲板に、まるでテーブルにするかのように腕をのせた。

その甲板に出ている水夫たちはうつろな目をしていた。女王が触れた瞬間、転んでしまう者もいた。

女王はその水夫たちに話しかけた。

「この中に大工を生業《なりわい》にするものはいますか？」

女王の問いかけに、水夫たちは緩慢《かんまん》に、力なく首を横に振った。

「乗客の中には？」

「一人……いる」

質問を変えると、水夫の一人が答えた。

女王の目が光った。とりあえず一人は見つけた、という喜びが瞳に溢《あふ》れていた。

「その方を呼んできてください」

「わかった……」

帆船の横に浮かんだまま、女王は船に乗っている大工の登場を待ちわびた。

☆

再び海底。

地上では夜の帳《とばり》が下りて、闇に包まれる時間帯であっても、海底はそれとは真逆で、真昼のように光が溢《あふ》れている。

その海底で、女王は一人、材木を組み立てていた。

「お母様？　今度は何を？」

やってきた娘のサラに、女王は振り向くことなく、手元の作業に専念しながら返事した。

「見ての通り、家を建てているのですよ」

「お母様が⁉」

「ええ」

「――って、お母様、そんなことができたの？」

「教わりました」

女王はシンプルにそう言い切った。

「教わったって、だれに？」

「偶然海の上を通りかかった船にいた大工に、です」

「あっ、歌で？」

「ええ」

女王はそう言い、はっきりと頷いた。

そうしている間も手は動かしたままでいた。

「かなりのベテランであったらしく、門外不出《もんがいふしゅつ》の技も教えてもらいました」

「お母様の歌ならなんだって言うことを聞くもんね。でもそっか、その発想はなかったなー」

サラは感心した。

海底に大工を連れてくることは出来ない。サラはそこで諦めたのだが、諦めなかった女王は大工を魅了し、建築の技法を学んで自分で建てるという方法を選んだ。

その発想に、サラは感心した。

サラはさらに近づき、至近距離から母親の手元をのぞきこんだ。

「ちょっとお母様！　手が傷だらけだよ⁉」

のぞきこんだ瞬間、サラは驚いた。

材木を組み立てている女王の手は、高貴な身分のものにはとても思えない、傷だらけのものだった。

どれもこれも、今し方できたばかりの生傷である。

「海神様のためなら、これくらいは」

「そっか……でも」

「でも、なんです？」

「ううん、なんでもない」

サラは言いかけた言葉を呑《の》み込んだ。

女王が組み立てている材木、サラ——素人《しろうと》の目から見ても不器用きわまりないものだった。

海の中であることをさっ引いても、女王の手が傷だらけなことを考えても決して出来は良くない。

「知識があっても合う合わないはあるもんね……」

「何か言いましたか？」

「ううん。お母様ちょっと待ってて」

「何をですか？」

「あたし、みんなを連れて学んでくるよ」

「いいのですよ、これは私が——」

「海神様に何かしたいのはみんな一緒だから」

「……そうですね」

女王は小さく頷《うなず》き、ふっと微笑んで、手を止めた。

「でしたら東にある小島を使いなさい。そこに一時的に大工たちを集めれば学ぶのにも確認するのにも便利でしょう」

「わかった！」

サラは大きく頷き、しっぽを揺らして泳いでこの場から立ち去った。

「……最初から」

女王は苦笑いし、自分の手元を見て、つぶやいた。

「みんなですればよかったですね」

それは自分の目でもはっきりと分かるくらい、みすぼらしく、決して「家」にならないような代物《しろもの》だった。

☆

女王の思いつきは、たちまち人魚たちに広まった。

サラの号令で手が空《あ》いてる人魚は一斉に海上に出て、行き交う船を歌声で魅了し、大工から建築の技法を学んだ。

そうして海底でマテオのために起こった空前の建築ブームが到来して、彼が次に訪れたときに驚くことになるのだが、それはまた別の話である。

あとがき

人は小説を書く、小説が書くのは人。

皆様お久しぶり、あるいは初めまして。

台湾人ライトノベル作家の三木《みき》なずなでございます。

この度《たび》は『報われなかった村人A、貴族に拾われて溺愛される上に、実は持っていた伝説級の神スキルも覚醒した』の第4巻を手にとって下さりありがとうございます！

皆様のおかげで、本シリーズの第4巻として刊行することが出来ました。

シリーズを続けられているのは、手に取って頂いた皆様のおかげでございます。まずは心より厚く御礼申し上げます。

約十年ほど前に、とある声優さんがラジオで「親戚《しんせき》中のアイドル」という表現をしておられました。これは親戚に一人はいる、だれからも愛され、なんだかんだで可愛《かわい》がられるような子のことを指しておられました。

なずなはそういう「親戚中のアイドル」ではございませんでしたが、親戚に一人まさにそういう子がいて、なずなもなんだかんだでその子にお菓子を買ってあげたりお小遣いをやったりして、その子の親の目を盗んで猫かわいがりをしていた覚えがあります。

しかしなずながやっていたことなんてまだまだ可愛《かわい》いもので、ジジババはその子のことを本当に猫可愛がりしていました。夏休みに帰ってくるから客間に新しくエアコンをつけたり、挙げ句の果てにはジジババの部屋のエアコン室外機がその子が泊まる部屋のすぐ外で、うるさく感じるといけないから自分たちはその間エアコンまったく使わなかったほどです。

またその子が一度交通事故に遭《あ》ったのですが、その晩には親戚全員が駆けつけるなど、一族の全員集合は十年ぶり二回目というレベルで、その子のことを皆が気に掛け、可愛がっておりました。

そういう「親戚中のアイドル」が、この作品の発想のベースになっております。

特に理由はない。理由はないけど、同じ世代の中でも一人だけジジババには特に可愛がられるような子のことを主人公に、なろう系異世界転生と織り交ぜて、この作品を作りました。

この「親戚中のアイドル」の話はまだまだ書きたいことがてんこ盛りですので、これからも応援していただけるとすごく嬉しいです。

皆様のおかげで――ということがもうひとつあります。
昨年よりインターネットラジオ『山口勝平《やまぐちかっぺい》のドラマティックRADIO！』内で本作のラジオドラマが放送されておりましたが、こちらも皆様の反響がすごく、なんと放送は当初の12話の予定を超えて第2クールへ、その第2クールも反響がすごくて、今は第3クールに突入しております。

皆様の反響のおかげで、ただ「続いた」だけでは終わりませんでした。

前巻のあとがきでなずなは「もしかしたらレジェンド級の方がもっと加わるかも……？」と書きましたけれど……一人や二人じゃすみませんでした！

レジェンド級の方は、皆様の反響が大きくなるのと共に一人、また一人とキャスティングされていきました。その方々は皆、なずなが子供の頃にお声を拝聴した方々ばかりで、立場上

「監修」させていただいているのですが、演技が素晴らしすぎて一切口を挟む余地はありませんでした。

さらにそれだけでなく、なんと超豪華な方々によって主題歌まで作っていただいて、この作品だけでなんかもう一生分の運を使い果たしたのではないか、と思うほどでした。

このラジオドラマは2022年9月現在でも、「響《ひびき》ラジオステーション」の「山口勝平のドラマティックRADIO！」内にて放送されておりますので、まだの方は是非《ぜひ》一度アクセスして聴いてみてください。

個人的には素晴らしい過去放送分も聴いていただきたいので、皆様には是非！「過去放送分も聴きたい！」と番組までお便りを寄せていただければと思います。

実は……それだけではありません。

「皆様のおかげ」が、さらにさらにもうひとつあります！

なんと、コミカライズがいよいよ始まります。

なずなが読ませていただいた原稿は本当に素晴らしく、評価をつけるとしたら100点満点か五つ星かの二択しかないくらい、めちゃくちゃ素晴らしいマンガでした。

こちらは始まり次第、前述のラジオでも告知されるはずですので、まずはラジオドラマを聴きつつ、そこでコミカライズの情報を待たれるのがベストかと思います！

ぜひ小説も！　ラジオも‼　コミカライズも!!!

『報われなかった村人A、貴族に拾われて溺愛される上に、実は持っていた伝説級の神スキルも覚醒した』の全てを心ゆくまでご堪能《たんのう》いただければ幸いです。

最後に謝辞《しやじ》です。

イラスト担当の柴乃《しばの》様。今回も最高のイラストの数々、ありがとうございました！　カバーのイシュタルの女性っぽさが最高でした！

担当編集T様。今回も色々ありがとうございます！

ダッシュエックス文庫様。４巻を刊行させていただいて本当にありがとうございます！

本書を手に取って下さった読者の皆様、その方々に届けて下さった書店の皆様。

本書に携《たずさ》わった多くの方々に厚く御礼申し上げます。

次巻をまたお届けできることを祈りつつ、筆を置かせていただきます。

二〇二二年九月某日　なずな　拝

ダッシュエックス文庫

報われなかった村人A、貴族に拾われて溺愛される上に、実は持っていた伝説級の神スキルも覚醒した4

三木なずな

2022年10月30日　第1刷発行

★定価はカバーに表示してあります

発行者　瓶子吉久
発行所　株式会社　集英社
〒101−8050　東京都千代田区一ツ橋2−5−10
03(3230)6229(編集)
03(3230)6393(販売／書店専用) 03(3230)6080(読者係)
印刷所　株式会社美松堂／中央精版印刷株式会社

ISBN978-4-08-631489-3 C0193